# 美醜《びしゅう》の境界線

吉元由美

# 美醜の境界線

## まえがき

いま、この瞬間の生き方は、境界線を越えているかもしれません。自分の言葉、態度、考え方……それらが美しいかどうか。私たちはどれだけ意識して過ごしているでしょう?

夢を叶えたい。成功したい。愛する人と結ばれたい。ほしいものを手にしたい。きれいになりたい。健康でありたい。大きなことは望まなくても、私たちには求めているものがたくさんあります。

いま、この時代の女性たちには膨大な情報と、多くの選択肢が与えられています。何を選ぶのも、何を追求していくのも自由。自分さえその気になればどんどん人生を変えられる、すごい時代です。

でも、時に私たちは悩み、迷います。自分のやっていることに自信が持てなくなり、心のなかでさまざまな思いが交錯します。そんな状況を打開しようとパワースポットをめぐり、運をよくするために呪文のように「ありがとう」の言葉を口にしてみる。でも、一旦落ち込むと自分にも他人に対してもネガティブな気持ちに傾いていき、他人と比較し、さらに落ち込んでしまうこともあります。

私たちが自分を高めたいと思ったとき、迷っているとき、正しいか正しくないか、利益になるかならないかといった実利的な基準とは別の、自分自身の指針となる判断基準が必要になります。それが、日本人が古来大切にしてきた「美醜」という判断基準です。

興味深いことに、「美醜」という感覚を突き詰めていくと、それらは正反対に位置しているのではなく、一線を介して隣り合っていることが見えてきました。その一線を越えてしまうか踏みとどまるか。これが「美醜の境界線」です。

どんな夢も、自分の生き方でしか叶えられません。その根幹にあるのが、人生に対する規律《ルール》＝「自律」であり美意識。自分らしく、より輝きながら生きていくには、自身の美意識や美学を高め、自分のなかの美醜の境界線を見極めていくことが求められるのです。「自立」を目指してきた女性たちがいま目指すべきは、「自律」していくことなのです。何気なくやっていること、よかれと思ってしていることを、もう一度「美醜」というフィルターを通してチェックしてみましょう。

「美醜の境界線」は、ただ美しい、醜いと言っているのではありません。美醜を分けるその境界線には、常識や良識を超えた研ぎすまされた叡智が宿っているのです。あなたの、いま発してしまったその言葉は、その行動は、美であるのか醜であるのか。意識することから、始めてみましょう。

もくじ

border line

01

# 「嫉妬の感情を自覚している人」と「嫉妬に他人を巻き込む人」

渦巻く感情のなかで、私が最も醜いと思うのはジェラシー、嫉妬の感情です。悲しみや淋しさ、悔しさという感情が自分自身に向いているのに対して、ジェラシーの対象は特定の他人に向いている。だから醜いのです。

先日食事をしたAさんとの会話のなかで、成功したある女性経営者の話が出ました。その人の波瀾万丈の人生は興味深く、豪邸に招かれたときの話を聞くだけでもため息が出そうです。その人がゼロからどれだけ頑張って事業を興したかという話の最後に、Aさんはこう続けました。

「でも、彼女は品がないの」

「彼女が派手にすればするほど、品のなさが目立ってくるのね」

Aさんの顔つきがどんどん変わっていきました。険しい目つきになり、食べ方も粗雑になり、次から次に口へ運んでいく。まるで、何かに取り憑かれたかのようです。

恵まれた環境で育ったAさんは、自分の成功の度合いをその女性経営者と比較したのでしょうか。成功の差がついてしまったことへの憤りが、「品」という言葉となり、Aさんのなかで、制御が利かなくなったのかもしれません。

誰のなかにも、他人をうらやましく思う気持ちがよぎることがあります。私のなかにもあります。それは決して「美」ではありません。でも、嫉妬していることを自覚できたのなら、自分を見つめて軌道修正をすることはできます。嫉妬している自覚のないまま表に出した瞬間に「醜」になってしまうのです。

美か醜か。オセロのチップが白から黒にひっくり返るように、きっかけひとつで美にも醜にも変わります。そのきっかけをつくるのは何か。それが美意識であり、知性なのだと思います。

こんなことを言ったら相手はどう思うか。自分はどう映るか。自分の感情を見ることができてこそ、大人と言えるのではないでしょうか。

どんなに心のなかで相手のことをおもしろくないと思っていても、言わなければいいのです。それは小賢しいかもしれません。でも、自分のジェラシーに他人を巻き込むのは、自分のストレスを「排泄」するということ。本人はすっきりしても、聞いた人は疲れます。

ジェラシーを、目標にしたい憧れにする。自覚と知性によって、それは良薬になります。ジェラシーをエネルギーにできたら成長につなげることができます。無自覚であれば毒薬です。

批判したくなったとき、嫉妬の感情が胸の奥で渦巻いているときは、鏡を見ましょう。その瞬間の自分に向き合うのです。人は、鏡に映っている自分のこの顔を見ている。そのことを、いつも心に留めておきましょう。

美醜の境界線

● 嫉妬の感情に他人を巻き込むことは、その場でストレスを排泄している行為だということに気づいていますか？

border line

# 02

# 「『すばらしい！』と言う人」と「『いいわねぇ』と言う人」

ある食事会でのことです。

和気あいあいとした仲間内での会、ビジネスで大成功をおさめた友人夫婦も参加しました。そのとき、ある人が、

「○○さんはいいわねぇ、何でも買ってもらえて」

と言ったのです。子どもみたいな言い方に笑ってしまったのですが、私は思わず、

「他人と比較しない！　比較すると幸せが色あせるわよ」

と言ってしまいました。すると、ご主人がこう言ったのです。

「その考えは美しいです」

「いいわねぇ、何でも買ってもらえて」は、そこにいたみんなで笑ってしまったエピソードですが、笑えない「いいわねぇ」の事例はたくさんあります。

「いいわねぇ」という人の価値基準は、いつも他人にあります。他人と比べて自分はどうか。どちらが先か。どちらが上か。どちらが高いか。どちらが幸せか。他人と比べて自分が上なら優越感になり、下であれば劣等感になります。上から目線になり、

卑屈な目線になります。これは、果たして幸せにつながる価値観でしょうか。

私たちのまわりには、優越感や劣等感を抱いても無理はない状況や、「もの」があふれています。容姿、性格、家庭環境、仕事、人間関係、所有しているもの……、ありとあらゆるものすべてが嫉妬や羨望の対象です。

人をうらやましく思うことは、実は自分を痛めていること。

他人を「いいわねぇ」と思うということは、よくない自分を責めていることになるのです。無意識のうちに、自分を痛めていくのです。

人間の脳はとてもよくできていて、たとえば「〇〇さんって最低」と言ったときに、その主語が認識されないようにできているそうです。つまり、「最低」だけが認識され、その言葉の刃は自分へ向かうのです。嫉妬も同じようなものです。ですから、反対に相手を褒めると、褒めた言葉が自分へ向き、相手を心から褒めれば褒めるほど豊かな気持ちになるのです。

うらやましいと思う気持ちは、人間誰にも少しはあるものです。でもそんな気持ちになったときは、「すばらしい！」と伝えましょう。「すばらしい」はとても素敵な言葉で、使い慣れてくるとぽっと口から飛び出すように出てくるようになります。

相手のすばらしいことを、喜びましょう。その言葉は、脳のなかでは自分へ向かっていきます。ポジティブなエネルギーで満たされていきます。そして、相手もうれしい。人を褒めることは、いい人間関係をつくっていきます。あらためて言うまでもなく、「いいわねぇ」と嫉妬するのは醜の極みです。でも、少し無理をしても「すばらしい！」を口癖にしていくと、「美」に変化するのです。

美醜の境界線

人をうらやましく思うことは、実は自分を痛めていることでもあるのです。

border line

03

# 「熟成していく人」と「酸化する人」

若々しくはいられても、いつまでも若いままではいられない。誰でも同じように年齢を重ね老いていきます。アンチ・エイジングという言葉があるように、40代以上の多くの女性たちは、歳をとることに「抵抗」して若さを保つことに意識を向けます。美容やファッション、運動法、食事など、顔、体を若く保つための努力は惜しみません。

「美魔女」という言葉が出てきた背景には、アンチ・エイジング、若くありたい、若く見せたいという女性たちの願いがあるのです。それはそれで素敵だと思います。ただ、その言葉に踊らされている感じがして、どうしても表層的なイメージをぬぐえません。

常に女性が憧れるライフスタイルを見せてくれるファッション誌や女性誌などの雑誌では、ファッションや美容などに特化した内容が大半を占めていましたが、最近では「心」「人生」に関することにも触れるようになっています。しかし、見出しのコピーがそう思わせるのか、そこで語られているドラマチックな人生も、ファッションの一部のようです。もっとも、これは雑誌の表現によるものかもしれませんが。

歳をとることを止めることはできません。見た目がいくら40歳でも実年齢は年々積み重なっていきます。でも、そこに伴う「何か」があると、私は思います。若くありたいという願いがあるいっぽうで、最も大切なのはどんなふうに歳を重ねていくか。経験したことをどれだけ深めて、自身の人生と呼応させていけるか。どれだけ人間性を高めていけるか。教養を積み、経験をし、内面でどう熟成させていくか。ここに年齢を重ねていくことの醍醐味があると思います。

私はいま、54歳です。30代に悩んでいたこと、40代で苦しんだこと、いまだったら、あのころに出せなかった知恵が出せるかもしれません。いまなら、何でもないことだと思えるかもしれません。そんな自分を頼もしく思えるし、54歳という年齢にふさわしい「進化」をしているのかもしれません。40代のころには感じられなかった人生の深みを味わう感性も、私のなかに流れていった時間が磨いてくれたことなのかもしれません。そう考えると、歳を重ねるのが怖くなくなります。

自分自身を熟成させていくためには、起こった出来事の意味を深く考えることです。そして、その出来事から学んでいくこと。そうすることによって、俯瞰する目も、人生の機微を感じとる感性も磨かれていくのです。ですから「熟成していく人」とは、深い話ができるのです。

そのいっぽうで、若さや外見に対する執着があまりにも強いと、それがストレスになります。年齢を重ね、若い人や美しい人との比較が始まると自分自身が苦しくなります。これが「酸化する人」です。「熟成していく人」と「酸化する人」の境界線は、アンチ・エイジングという言葉に囚われないことかもしれません。

## 美醜の境界線

若さや外見に執着し、
若い人や美しい人との比較をし始めると、
人は酸化していきます。

border line

04

# 「共感したい人」と「つながりたい人」

あるセミナーでのことでした。休憩時間になった途端に、名刺を持って私の友人の横に立っている人がいました。その人は私の知人でしたが、友人がまだ隣の人と話をしているにもかかわらず、声をかけ、自己紹介をして名刺を渡していました。

その友人は発信力があり、広い人脈で仕事をしている人です。おそらく、私が彼女とFacebookで親しく交流しているのを知っていたのでしょう。名刺を渡した人は集客を必要とする仕事をしていたので、多くの人、とくに影響力のある人とつながりたいという思いがあったのかもしれません。

FacebookやTwitterの上とはいえ、個人の人間関係や行動、考えなどがオープンになる時代です。実際に会ったことがなくても交流することができ、友だちの友だちともつながることができる。どんな人が「友だち」の向こう側にいるのか見える。さらに、その向こうの「友だち」も見ることができます。ポチッとクリックすれば「友だち」になれる時代、「つながり」「つながっている」という言葉が飛び交ういまだからこそ、これまで以上に想像力と礼節が必要だと思います。

名刺を持って私の友人の横に立っているその人を見たときの、私の気持ちを想像してみてください。「あらら……」と思ったと同時に、少し嫌な気がしたのが正直なところです。

つながることはいいことですが、つながり方というのがあると思います。もしも名刺交換をしたければ、間にいる人、この場合、私にひとこと「紹介していただけますか？」と断りを入れればいいのです。そのようなつながり方のほうが、名刺交換したい人との関係もずっと深まるでしょう。間に立った人から紹介をしてもらうことで、自分のことをより印象的に伝えられるのです。「仁義を通す」というと穏やかならざる印象がありますが、間にいる人を通すことで、人間関係が美しくスムーズにつながっていくのです。

自分にとって、人とのつながりとは、ただ「つながる」ことに価値があるのか、名刺が増えることがうれしいのか、名刺の向こうの「人脈」を見ていないか、チェックしてみましょう。

つながっていくということは、共感をつないでいくということだと思います。お互いの心に響き合うものがあって初めて、つながっていけるのです。心で響き合ったことは波動としてまわりに伝わっていきます。そして、その「波動」に共鳴した人とつながっていきます。共感でつながっていった人とは「ご縁」が深くなっていくのです。

Facebook上の友だちも、一度の名刺交換も、ただそれだけでしかありません。本物、本質を求めていくのなら、人数の多さでも、有名人とつながっているということでもなく、どれだけの共感や信頼がそこにあるか、ということです。

つながりやすい時代だからこそ、礼節が大切なのです。



## その人の向こうにある人脈だけを見て、名刺交換していませんか？

border line

05

# 「長い人間関係を紡ぐ人」と「人間関係が入れ替わる人」

50代も半ば近くなり振り返ってみると、私は多くのご縁に支えられてきたなあとつくづく思います。本当に有り難く、うれしいことです。

いま、仕事でお世話になっている人のなかには、20年、30年前に出会った人たちが何人もいます。久しぶりの再会にもかかわらず、大きな力を貸してくださいます。再会を喜び合えるということは素敵なことです。人と人の関係というのは年月の長さだけではなく、どれだけ心を通わすことができたか、その深さと「質」によるのだと思います。出会えたことを喜ぶたびに、「ご縁」というものの有り難さ、意味深さを痛感します。

細くても長いご縁、短くても太いご縁などを束ねるようにして、いまの自分があります。

いっぽう、途切れたご縁がぶつぶつとほころんでいるように見える人がいます。人間関係がよく入れ替わる人です。その縁の切れ目は、乱暴にちぎったようになっている……。でも、その人は落胆しているどころか、とてもハッピーで、一見前向きに見えます。どんどん先に行こうとし、常に新しい人たちとつながろうとしています。そういう人は、人間関係を壊しやすい「質」を持っているということがあります。

壊れる原因の根本にあるのは、自分のメリットのことしか考えられないという自分本位な考え方です。

人と出会ったときに、まずその人から得られるメリットが頭に浮かぶ。とくにビジネスをしている人のなかには、人が「お客」に見えてしまう人もいるでしょう。また、その人の向こうにある人間関係、財産に目が行ってしまうことも。

さまざまなビジネスが新しく生まれているなかで、知らず知らずのうちに、このような思考になっている人は少なくないと思います。常に新しい人間関係を求めるので、省みることなく前に進んでいく。都合の悪いものは捨てていく。だからハッピーなのです。そのようなタイプの人にとって、利用価値がなくなれば、その人間関係の魅力はなくなり、次の人間関係へ移っていきます。トラブルも起きやすくなります。

ある知人は、数人のビジネス・パートナーと何回もけんか別れをし、親しくしていた人もまるで造反するかのように離れていくということを繰り返しています。それを「ご縁がなくなった」と自然の流れのように解釈していては、長く続く人間関係を紡ぐことはできないでしょう。

ぶつ切りになって壊れる原因を相手のなかに観るのではなく、自分のなかに観ることが大切です。人と「何で」つながっていくのか。心でつながりたいのか、メリットでつながりたいのか。利用するつもりはなくても結果的に相手にそう思わせてしまったのなら、軌道修正をする勇気を出すことです。自分を省みる力を発揮することが、自分にとって何ものにも代え難い「メリット」になるのですから。

美醜の境界線

ぶつ切りの人間関係を、
ご縁がなくなったからのひとことで、
片付けていませんか？

border line

06

# 「選ぶ人」と「天秤にかける人」

人にはそれぞれ、物事を選ぶ基準というのがあります。それがモノ、物事、方向性であっても、直感で選ぶか、吟味するか、そのときどきの決め手があります。そのひとつが「美醜の境界線」なのですが、見極めるときの姿勢そのものにも、美醜があるのではないかと考えます。

それが「選ぶ」と「天秤にかける」です。

何かひとつを選ぶという行為は、「他と比べてどれがいいのか」を決めることです。比べるのですから、言い方を変えると「天秤にかける」ということに通じます。

でも「選ぶ」と「天秤にかける」という言葉の印象には、大きな隔たりがあるように感じます。そこには、選ぶ人の心が映し出されているのです。

選ぶというのは、自分にとって最善のもの、最善のことを獲得していくということです。最善のこととは、自分の成長にとって大切なことです。それが他の人のためになることであっても、そうすることが自分のためになっていることもあります。また、楽な道が片方にあっても、厳しい道を選ぶことが最善なこともあるのです。

24歳のとき、作詞家としてデビューが決まりました。広告代理店に勤めて3年目に入った春、初めて書いたアイドルのアルバムがリリースされるのを待って退職しました。デビュー曲が2曲決まっただけで、作詞家でやっていける保証はどこにもありません。次の作詞の仕事はまだ決まっていないのですから、当時お給料のよかった会社を辞めるのは、経済的なリスクが大きいことでした。

会社に勤めながら作詞の仕事をするほうが、安全、そして経済的にも「得」な選択だったでしょう。でも私は、片手に会社勤めという「保険」を握りしめて、大きな運は摑めないと思いました。自分を追い込むことが、私にとって最善のことへ導く選択だったのです。「たら、れば」になりますが、私が会社勤めを続けていたとしたら、こうしてこの原稿を書いていなかったかもしれません。

「天秤にかける人」は、自分にとって得か損かで選ぶ人です。目の前にあることがすべてです。人とつきあうときも、「この人とつきあうのは得かどうか」と瞬間的に判断するのです。

以前、ある人から大きな頼まれ事をされました。その人の望むような結果になった途端に連絡も来なくなり、その人は多くの人脈を持つ他の人とのつきあいを密にし始めたようです。そうして人と人を天秤にかけながら渡り歩いていくのは、私には少し淋しいことに思えます。

楽な道と厳しい道があるとき、厳しい道を選んだほうが運が上がると、20代のころに、算命学の高尾義政先生から教えられました。厳しさを乗り越えていくことによって、心が強くなり、運に力がつく。広い視点に立って、選んでいくことが大切なのです。

美醜の境界線

自分にとって最善のことを獲得していくのが選ぶ人。自分にとって得か損かで選ぶのは天秤にかける人。

border line

07

# 「HOWを大切にする人」と「WHATを大切にする人」

私が主宰するサロンセミナーに、「結婚」についてのプログラムがあります。適齢期の女性ばかりでなく、結婚している人にも、「結婚」を自分の人生、そして心の成長を軸にしてどう捉えていくか深めていきます。適齢期の多くの女性が結婚について考えるとき、どんなタイプの人と結婚するか、誰と結婚するか、ということが、まず頭に浮かぶのではないでしょうか。優しい人、経済力のある人、前向きな人……といった理想の「条件」です。そして、何と言っても最大のテーマは「誰と」結婚するかということ。これは女性の永遠のテーマと言っていいでしょう。

でも、本当に大切なのは、結婚相手の条件でしょうか。

どんな人、誰（WHAT）と結婚するかということも大切ですが、それよりも前に考えておきたいことがあります。それは、自分の結婚観、「どんな（HOW）結婚をしたいのか」ということです。もう少し広い見地から言うと、自分の人生において、結婚とは何なのかということを考えることが大切だと思います。

30代のころ、いろいろ心に行き詰まりを感じた時期がありました。あるきっかけで長かったトンネルから抜けられたのですが、そのときにふっと思ったのです。

「結婚は自分を成長させる機会。自分が成長できるような結婚をしよう」

ＨＯＷを自分のなかで深めることで、覚悟ができていくようでした。

自分の外側に求めるものには限界があります。条件だけを追い求めても、いつか壁にぶつかるでしょう。これは結婚だけに限らず、仕事や人間関係にも言えることです。いっぽう、自分の心の内は、考えをどんどん進化させ、自分自身が変わることができたら無限です。たとえば、お金についても、どんなことをして得たお金かということも大切にしたいことのひとつです。売るために何をしてもいいとは思えないし、自分のポリシーに反したことをしてお金を得るのは私には苦しいことです。


ある人が、事業で成功した友人について、いつも感心してこう言います。

「○○さん、あのお店もやって、この事業もやって、娘は○○大学を卒業して××商事に入って、すごいと思わない？」

その人が感心するポイント……つまり、どこに価値を置いているかということがこの言葉でわかります。その人の価値は「勝ち」にあるのです。私はどちらかというと、そこまでのプロセスにどんな物語があったのかということに興味があり、すごいかすごくないかは、そのプロセス次第なのかなと感じました。なぜなら、「もっとすごくて」「すばらしい物語」を経てきた経営者がたくさんいるからです。

外見、持ち物、結果、勝敗というＷＨＡＴ。そこに至るまでのプロセスであるＨＯＷ。その感動のポイントは、まさに生きる価値観によるのではないでしょうか。

## 美醜の境界線

外見、持ち物、結果、勝敗というＷＨＡＴ。
そこに至るまでのプロセスであるＨＯＷ。
あなたの感動のポイントはどちらですか？

border line

# 08

# 「人の話を受けとめる人」と「人の話を奪う人」

私が主宰する月に一度の「言の葉塾の十二ヶ月」という講座のなかで、いつも、「会話はキャッチボール」ということを繰り返しお伝えしています。多くの人は、会話はキャッチボールであると、認識していると思いますが、「できている」ということとは少し違うように思います。

一度、キャッチャー・ミットにボールをしっかりと受ける。それで初めて、キャッチャーはしっかりと返球することができます。

いっぽう、壁に向かってボールを投げると、壁に当たってそのまま返ってくる。会話はキャッチボールだとわかっていても、壁打ち的に話をする人がいます。そして、その多くの場合が自分の話題に引き寄せるパターンが多いように見受けられます。たとえば、以前こんなやりとりがありました。

私　「心の大きな人に出会い、とても勉強になりました」

Aさん「私は同じくらいの年齢だけど、まだまだ未熟だわ」

さて、いかがでしょうか。間髪を入れず「まだまだ未熟だわ」という言葉が返ってくると、「そんなことはないわよ。あなたから学ぶこともたくさんあるわ」とでも返さざるを得なくなります。

では、キャッチボールだとどうなるでしょうか。

「よかったわね。どんな人なの？」

「どんなことが勉強になったのか聞かせて」

となります。一度、相手の話を受け取る。そして、続きを聞く。すると、話したほうもうれしいし、お互いにいい話をシェアすることができます。

自分中心、自分にしか興味がない、そのくせ他の人の動向がとても気になる、そんな人は、いつも他人と自分を比べているから、すぐに話題を自分に引き寄せて発言してしまう。人の話題を奪うことになるのです。

「そうなんですね」「とても共感します」「勉強になります」……といった相槌のように「受ける言葉」は、相手の話を受けとめたことを伝える便利な言葉です。このように、一度、気持ちで受けとめ、それから自分の考えを述べればいいのです。そこには相手への気遣いがあり、謙虚さがあります。これは、愛にもつながる心が感じられる美しい在り方です。

「また話をしたい」「また会いたい」と思われる人は、他人との間に素敵で、そして心地のいい空気感と距離をつくれる人です。

会話をまろやかにする、心地のよいものにするには、自分が伝えたいことを80パーセントくらいに抑えておくといいでしょう。まずは相手の話を聞くことで、会話も人間関係も深まっていくのです。



## あなたは、自分中心の〝壁打ち会話〟で、人の話を奪ってはいませんか？

border line

09

# 「メニューを選べる人」と「何でもいいと言う人」

レストランのテーブルにつき、メニューを開き、「さあ、何にする？」というときに、

「私、何でもいいわよ」

と言う人がいます。

「好きなのを頼んで。私、何でも好きだから」

これは相手の好みを尊重した、とても耳障りのいい言葉です。でも、私はこう言われてしまうと、とても悩みます。私自身が食べたいものを選ぶというよりも、相手は何が食べたいのか、どんなものを好むのかいろいろ考えて気を回してしまうからです。そこで軽く疲労してしまうのです。

本人は広い心で言ったのかもしれません。本当に好き嫌いがなく、何でもよくて、あなたの好きなものでいいわ、という寛大な気持ちの表現なのかもしれません。ですから本人は気持ちがいいのです。

でも、これは「丸投げ」です。「考える」「選ぶ」ことを、すべて相手に委ねていま

す。相手に気を遣わせるということに、思いが至っていません。実は相手を思いやっているようで、軸足が自分中心になっているのです。

一緒に食事をする人とメニューを選ぶとき、自分の好むもの、相手の好むものが一致していれば問題はありません。親しい友だちなら気軽に選べるでしょう。でも、少し距離のある人、初めて食事をする人であれば、お互いの好みやリズムがわからない。よく食べる人なのか、少食なのかわからない。ですから、選ぶときからお互いに遠慮してしまうものです。

そんなときは、

「軽くいきたいですか？　それともしっかり食べたい感じですか？」

「お肉とお魚、どちらが好きですか？」

「○○と△△、いい感じですけれど、どちらがお好みですか？」

「これ、おいしそうですよ」

などと、自分が食べたいメニューを織り交ぜつつ、相手の好みを引き出すような会話の流れをつくるといいと思います。

また、食べられないものがあるときには、「嫌い」「食べられない」というのではなく「苦手」という言葉を使ってみましょう。これもコミュニケーションを丸くする方法のひとつです。お互いのことを知るきっかけになります。食事のメニューを選ぶということも、人間関係の「調和」をはかることにつながるのです。

さて、丸投げする人とはどうするか。割りきって、自分の好きなものだけを頼むのもいいですが、くれぐれも「醜」にならないようにしたいものです。根気よく、相手の好みを聞き出して調和をはかるのが美しい流れなのかもしれません。

美醜の境界線

相手を思いやるつもりが、
相手に気を遣わせていることになるかも、
ということに思い至っていますか？

border line

10

# 「察する人」と「空気を読む人」

ここ数年「場の空気を読む、読まない」という言葉がよく聞かれます。場の空気の読めない人のことをさす「ＫＹ」という言葉も生まれました。場の空気を読む力は人間関係、ビジネスにおいて必要な社会技能（ソーシャルスキル）であると言われています。相手を尊重し、周囲の反応を意識し、出すぎることなく、人間関係を維持することができるスキルです。

確かに「ＫＹ」の人がいる場面に遭遇すると気まずさが漂うものです。「ＫＹ」という造語が先行したせいなのか、「空気を読む」という表現にポジティブな印象を持ちづらくなったようにも思います。

「空気を読む」という言葉と近い意味で「察する」という言葉があります。「空気を読む」ことが社会技能であるなら、「察する」は人間力、洞察力という気がします。ビジネスや社会生活のなかで必要なのが「空気を読む」スキルであるなら、人と人との間に必要なのが「察する」という洞察力です。同じような行動を意味するように見えますが、「察する人」と「空気を読む人」の違いは、そこに「愛」があるかどうかだと思います。

社会において、場の空気を的確に読むことは大切なことです。ただ、同じ「空気を読む」ということでも、自分の「利」を頭の片隅に置きながら場を読むこともあるでしょう。「つながりたい人」にも通じるのですが、常にアンテナが仕事に向かっていると、どんな場にいても「利」が先行してしまうのです。そういう人は、自分がどのように立ち回ると「有利」になるか、いつも計っている印象があります。つまり、自分軸でその場の空気を感じとる人です。

反対に、「察する人」の軸は相手にあります。察するというのは、「慮《おもんぱか》る」に近いかもしれません。相手の気持ちを慮る。状況をよくよく考え、相手の気持ちになって、自分がどう振る舞えばいいのか考えられる人。人の気持ちをすくい取るように感じられる人です。そこには思いやりがあるのです。

私が体調を崩してしばらく休んでいたとき、ある友人はおいしい食事をつくって持

って来てくれました。それも、私の大好きなものばかり。届けてくれるなり友人は、

「あとでゆっくり食べてね」

と、すぐに帰りました。

またある人は、ビタミンなどのサプリメントを持って来てくれました。それは、その人がサイドビジネスにしている商品で、その商品の説明と、販売の仕方を長々と説明し、申し込み書を置いて帰って行きました。

察する。空気を読む。美しい想像力を持ちたいと思います。




「利」を先行する自分軸で、空気を読んでいませんか？

border line

# 11

# 「相手の立場で判断できる人」と「自分の論理を通す人」

これを「自分の論理」と言っていいのかどうか迷うところですが、友人からこんな話を聞きました。

友人が主催している定例の食事会があり、その日も満席の申し込みがあったそうです。ところが、何の連絡もないキャンセルが2名いたということで、後日会費の件で連絡をとったところ、次のような回答があったそうです。

「急に大雨になったので、行くのをやめました」

「日にちを間違えました。キャンセル料については知らされていないので、払わなくてもいいんですよね」

どちらも40代、キャンセル料を払う気もなく、連絡がなかった件について尋ねても、その人たちは自分の非を詫びることはなかったそうです。

さて、このような場合、「常識」ではどうなるのでしょうか。「常識」というのも絶対と言えないのかもしれませんが、キャンセルした人のほうから「会費はどうしたらいいでしょうか?」と尋ねることがあってもいいのではないかと思うのです。キャンセル・ポリシーが書いてある、ないにかかわらず、相手に負担をかけることはわかっているはずです。

人それぞれの考え方、物事の捉え方はありますが、自分の「独特の論理、理屈」を通そうとする裏には、保身があるような気がしてなりません。それは、本人も表層の意識では気づいていないのかもしれません。

天候が急変したのは、主催者の責任ではありません。日にちを間違えたのも、主催者の責任ではない。でも、自分の責任とは認めたくない。そこで保身、自己防衛をしなければならなくなるのです。

相手の立場に立って判断できる人は、視野を広く持って対応できる人です。想像力が働くのです。○○したら、こうなる。こうなったら、相手はどう思うだろうか。想像力とは思いやりです。想像力は常識や経験、感性によって磨いていけますが、その根底には愛があるのだと思います。

相手を尊重することによって、自分も守られる。与えることによって、与えられる。まさにこの法則そのままです。いつか、誰かがこちらの立場に立って考えてくれることがあるかもしれません。他人の目には損をしたように見えるかもしれませんが、実は人間関係のつながりを確かなものにしているのです。

自分に都合のいい論理は、その場しのぎのものでしかありません。通したところで、それは勝利ではないのです。やはり、年を重ねるほどに自分を見つめる目をしっかり見開くことの大切さを感じます。

美醜の境界線

自分に都合のいい論理を
通したところで、
それは勝利ではありません。

border line

12

# 「褒める人」と「おだてる人」

褒めるとおだてる。どちらも相手を喜ばせるために相手のよいところを指摘する、ということですが、そこには大きな違いがあります。

褒める人、褒められる人。おだてる人、おだてられる人。その4つの立場に立って、お話ししていきます。

褒める人は、いつも人のいいところを見ようとします。そして、瞬時にその人の小さな魅力を言葉に置き換えます。たとえば、真面目で目立たないけれど、こつこつと仕事をしている人にはこんなふうに声をかけます。

「○○さんが近くにいたら、どんなに安心して仕事ができるでしょう」

この言葉で、褒められた人は自分がそんなふうに役に立っているということを知ることができます。また、洋服を褒めるときには、

「その色、あなたの雰囲気にとても合ってる。すごく素敵に着こなしているわね」

というように、洋服そのものを褒めるのではなく、着ている本人とつなげて褒めるようにします。褒められた人はうれしいのはもちろんですが、新しいアイディアも得

ることができるのです。

褒めることは相手に媚びることではなく、心からの言葉のギフトです。

褒め言葉を素直に受け取れない人もいます。何か魂胆があるんじゃないか、と疑います。褒められることに慣れていないせいもあるかもしれませんが、自分も下心を持って相手を褒めた経験があるからではないでしょうか。また、褒められるほどの価値もないと、セルフイメージが低いのかもしれません。

褒めることが相手への「愛」「ギフト」であるのと反対に、「おだてる」のは自分が中心、「こう言ったら好かれるかもしれない」と、自分の欲求を満足させるためのものです。ですから、大抵の人はおだてられていることに気づきます。おだてる人の下心を感じてしまうのでしょう。

40代、50代の女性が大勢集まると、褒める人とおだてる人が入り乱れます。

「そのお洋服、とても似合っていらっしゃるわ♡」

「まあ、あなたこそ、その髪型お似合い。ますます輝いて素敵♡」

歯が浮くような、全身がかゆくなるような会話が繰り広げられます。これは褒めているのかおだてているのか。限りなく「おだてる」に近い「褒める」なのかもしれません。このようなやりとりを、私は美しいとは思えません。

「褒める人」は相手を中心に、「おだてる人」は気に入られたい、などと自分の欲を満たそうとするところから発想しています。褒め上手は褒められ上手です。言葉のギフトを「ありがとう」と素直に受け取ることができるから、「褒める人」になるのです。



## 「褒める人」は相手が中心、「おだてる人」は自分が中心。

border line

13

# 「自然に心をかけたくなる人」と「気を遣わせる人」

大勢のお客様のおもてなしをするとき、こちらの気の遣い方は大きくふたつに分かれます。

ひとつは、自然に思いをかける気の遣い方。

パーティーなどで、自分で楽しむことを知っているお客様には、もっと楽しんでもらいたいという思いが高まります。講演会の後のちょっとしたときでも、このような人はタイミングを見計らって話をしに来てくれます。このようなときは、講演の内容だけではなく、もうひとつ心にお土産を持って帰ってもらいたいと思っています。その人の近況やこれからのプランなどについて聞いたり、こちらからも話題を投げかけ、短い時間でも「会えてよかった」と思える時間をつくろうと思っています。心をかけるということは、そこに愛があるということなのです。

もうひとつのタイプは、疲れる気の遣い方。

多くの人が集まると、こちらの気を遣わせる人が何人かいるものです。声をかけそびれると、すねてしまう。隅々まで気が回らなかった私の落ち度なのですが、「吉元さんは冷たい」「私に壁をつくっている」と言われたことが何度かあります。私の未熟さが招いたことですが、「避けたい」雰囲気を相手が出していた、ということも正直、あるのです。

相手に気を遣わせる人の思考の中心は、自分です。自分の価値観、自分の立場、自分の思い。そして、相手からどう思われているかということをとても気にします。自分を大切にしてもらいたいのです。「私は好かれているはず。だから大切にされる」と思っているものだから、望んだような対応を相手がしなかった場合、怒りが生まれたり、悲しくなったりするのです。そしてそれが高じてくると、やりきれない気持ちの矛先は相手へと向くのです。

また、感情が表に出やすい人は、まわりの人をはらはらさせます。感情のコントロールがうまくないということもありますが、機嫌が悪いことをまわりに知らせたいということもあるのかもしれません。これはとても子どもっぽい態度です。「構ってほしい」という気持ちがあるのです。

「自然に心をかけたくなる人」は、自分から人に心をかけられる人です。自然に人に何かを与え、幸せな気持ちにしてくれます。自分のしたことが、いつか自分に還ってくる。その法則に従ってポジティブに生きていると、人からも心をかけてもらえるのです。

「気を遣わせる人」は、自分から与えるのではなく、与えられたい人です。どれだけ与えられても、いつも自分を中心に考えているので満足できません。心をかけてもらうこと。気を遣われること。「気」は生命力を表します。気を遣わせるということは、相手の生命力を奪っているということになるのです。

美醜の境界線

## 相手に気を遣わせる人に、なっていませんか?

border line

14

# 「祈る人」と「願う人」

祈りと願い。その決定的な違いは、神様または祈る対象が中心か、自分が中心にあるかということです。

願いは、「こうなりたい」「こうなってほしい」という心の内側から外へ力が向かっています。そこに「我」や「欲」を感じてしまうことがあります。

商売繁盛、合格祈願、恋愛成就……、そう願う気持ちは痛いほどわかります。ただ、結果を求めすぎると、その思いは不安や執着、欲といったネガティブな思考になっていきます。拝むことを通して、内側からそれらが流れ出ているような気がします。

いっぽう、祈りは、ただそこに「在る」。神様にこうしてほしい、ああしてほしいと要求はしません。たとえば、「世界が平和であるように、ともに歩んでください」「神恩感謝」というのが、祈りの在り方です。あとは、神様が最善のことを与えてくださる。そこに「我」はありません。

作詞家になる勉強をしていた23歳のころ、私の祈りは神様と約束をすることでした。

「頑張りますので、どうぞ見ていてください」

「作詞家になれますように」「歌がヒットしますように」と願ったことは、ただの一度もありません。「この歌が、多くの人の励ましになりますように」という祈りです。自分ではない誰かが、祈りの向こうにいるのです。

もしも病気をしているのなら、病気が治ることを祈るのではなく、神様が望まれる生き方ができる自分を祈るのです。それが、病気が治ることではなく、病気を受け入れながら心を高めていくことだとしても、です。

祈るということを難しいと思われるかもしれませんが、

「神様、どんなときも一緒にいてください」

と祈ればいいのです。そのひとことで、どれだけ安心感を得るでしょうか。

「お願いします」と願ってばかりいて、それが叶わなかったときはどうなるのでしょうか。ご利益がない、お参りしても無駄だ、と思うのでしょうか。

もちろん、いい願い方もあります。商売繁盛を祈願して、ぱんぱんっと柏手《かしわで》を打つ気持ちよさ。清まり気合いが入ります。

でも多くの場合、祈りと願いの間には、美醜の境界線があるのです。

祈りには、生かされているという感謝があります。神様が一緒にいてくださる、という感謝です。神恩感謝。お祈りは、心をこめたこのひとことでいいのです。

満月、新月の日にお財布をふりふりする。具体的な願い事をたくさんする。いいことだと思います。お願いをするのなら、そのお願い事を通して自分がどんなふうに役に立っていくか、ということまで言葉で表すといいでしょう。この仕事を通して、みんなの役に立てますように。心からこう願えたら、それは美しい願いになるのです。

## 美醜の境界線

祈りは、神様にこうしてほしい、ああしてほしいと要求しません。

border line

15

# 「アドバイスに愛のある人」と「恐れを植え付ける人」

人にアドバイスをするのは、時としてなかなか難しいものです。主宰しているサロンセミナーの場でも、受講生にアドバイスをしたり、またはアドバイスを求められることがよくあります。アドバイスの内容はもちろん大切ですが、実はアドバイスのなかに、その人のエネルギーがこもることも、心に留めておきたいことです。

私は肩凝りがひどく、ときどきマッサージを受けることがあります。直接体を触れるので、テクニックはもちろんですが、セラピストのエネルギーも大きな影響があるように思います。初めての治療院に行くと、大抵こんなことを言われます。

「運動していますか？　運動不足は、マッサージしても意味がないんですよね」

「胃が疲れてますね。飲みすぎですか？」

リラックスを求めに行って、罪悪感を与えられるようなアドバイスを受けると、行った意味がなくなります。私が以前通っていた整体の先生は、私の硬い背中を押しながら、

「頑張りすぎですよ。ひとりで頑張らないで、時には人に任せてくださいね」

と、ほろっとするようなことを言ってくれます。心のツボまで押されたようです。アドバイスのなかに愛があるかどうか。ちょっとしたひとことで愛を伝えられるのです。

長年、人間と自然との共生をテーマに作品を創り続け、長野の限界集落にみんなが集まれる庵を開いた友人がいます。彼女は静かに、淡々と、そして時には熱く環境や食、人のつながりについて語ります。誰のことも責めない。拝金主義に走る企業や人を責めることもありません。ただ、そのような問題に自分のできることで力を尽くしている人々の話をしてくれるのです。

同じように、環境問題について静かな口調で発信している人でも、エネルギーが違う人がいます。

「こんなことも知らずに、今日も平気で毒を食らう人々が街にあふれている」

「自分の愚かさに気づかずにいられるモノたちが、闇の餌食になっている。あなたのことですよ」

文章としては、なかなかおもしろい表現かもしれません。でも、ここには明らかな「上から目線」「優越感」があります。「教えてやっている」「こんなことも知らないのか」というアピールが、行間に読み取れてしまうのです。そして、ただ恐れだけを植え付けられます。愛があるようで、ない。人類みんなを包み込むのではなく、自己主張がそこにあります。

アドバイスに愛をこめるには、そっと相手に寄り添うことです。そして、自分の我を空っぽにする。自分の心の温度が、そのまま相手に伝わるものなのです。

美醜の境界線

誰かにアドバイスをするとき、
相手の心に寄り添っていますか？

# 聞かれなくなった言葉とともに、消えていきそうな美しいこと

「美醜」という視点を持つと、それまで気づかなかったことに気づくようになります。

たとえば電車のなかでお化粧をしたり、ハンバーガーを食べたりするのは、言うまでもなく「醜」そのものです。多くの人がそう感じると思うのですが、それを「醜」と思わない人、何も感じない人もいるでしょう。また、見慣れた光景になったことで、鈍感になっている場合もあります。このような感覚が鈍ってしまうことは、少し怖いことだな、と思います。

日本語の美しさについて考えているときに、気づいたことがありました。

昔、両親から言われた言葉、よく古い映画などの台詞《せりふ》にあった言葉を、最近耳にすることが少なくなったということです。また、日本ならではの美風を表す言葉にも、あまり聞かれなくなったものがあります。

いつごろから使われなくなったのでしょうか。もしかしたら、若い人たちは聞いたこともないし、意味を知らない言葉もあるかもしれません。私が危惧するのは、その言葉とともに、その言葉の意味するところ、その言葉の精神も失われつつあるのではないかということです。

たとえば、「はしたない」という言葉があります。

子どものころ、「お行儀が悪い」という言葉と同じように「そんなはしたないことはやめなさい」と、両親によく注意されました。

「はしたない」とは「慎みがなく、礼儀に外れたり品格に欠けたりして見苦しい、みっともない」という意味です。たぶん父も母も、見苦しい、みっともない、という意味で使っていたのだと思います。小さいころからよく聞いた言葉なので、いまでも「はしたない」という言葉は私のなかで生きています。ですから、はしたないことはしないように心がけています。

「だらしない」という言葉は、いまでもよく使います。

「整っていない。乱れている」という意味で、「だらしない服装」「だらしない態度」など、昔から馴染みのある言葉だと思います。また、「お金にだらしない」という言い方もあります。

同じような意味合いを持つ「はしたない」と「だらしない」。ここに、消えていきそうな何かがあるように思います。

電車のなかで足をだらっとさせて座っている姿は「だらしない」という感じがします。けじめがなく、締まりもない生活、態度、言葉、姿は、「だらしない」。自分で気をつけさえすれば、改善できることです。

いっぽう、電車のなかでお化粧をしたり、食べたりするのは「はしたない」。「はしたない」というのは、他人に不快感を与えます。そして、にじみ出るものですから、そういうことができるということは、はしたないことをしても平気、おかしいと思わないという感覚をもともと持っているということです。

「はしたない」という言葉が聞かれなくなるとともに、その精神も薄らいだ感があります。言葉にはその意味、その心が宿っていますから、はしたないことをしても平気なムードが世の中に漂っているのです。

日本語の意味のニュアンスには曖昧なものも多く、「はしたない」「だらしない」というのがどのくらいのレベルなのか、その人の感覚に頼るところが多いものです。ただ、「はしたない」という言葉の意味で最も大切だと思うのは、「品格に欠けて見苦しい」という点です。とくに

「品格に欠ける」というのは、「美」からかなり遠いものです。

「品格」とは「その人やその物に感じられる気高さや上品さ。品位」のことですが、もう少し砕けた解釈をすると、「その人からにじみ出る美しい在り方、静かなエネルギー」でしょうか。

家柄などは関係ありません。その人が生まれ持ったもの、自然に身につけた在り方です。「にじみ出る」ものですから、「自然に」「無意識のうちに」身につけていった美しい在り方と言えるでしょう。

聞かれなくなった言葉は、まだまだたくさんあります。

「慎ましい」という言葉もまた、聞かれなくなった言葉です。

「遠慮深い態度である。控えめで、しとやかだ」という意味ですが、このような人は少なくなってきているような気がします。

Facebookなどを見ていると、ときどき自己アピールが渦をまいています。「私が、私が」にあふれ、「どうだ!」という自己主張が並びます。文章、表現からそのアピールが出ているわけではなく、文章の奥から「私が私がエネルギー」を感じるのです。

「控えめで、遠慮深い態度である」という「慎ましい」という言葉が自分のなかで生きていたら、同じ自己アピールの文章も違ってくると思います。

アピールすることは悪いことではありません。問題はそのやり方です。本物であれば、必ず人の目に留まります。それも、留まるべき人の目に留まるのです。「私が本物です」という化粧品のコマーシャルがありますが、使う気になれないのは、ものすごい自己主張に本物ではない何かを感じるからなのです。


科学はどんどん進歩していきます。ビジネスにおいても合理的に利益を追求するようになってきています。人とのつきあい方もビジネス書から学ぶ時代、コミュニケーションをノウハウ本で学ぶ人もいます。でも、真の学びは本のなかにはありません。何をしてもいい時代だからこそ、気をつけたいことがあるのです。

何をするかに、真価はかかっています。時代は進歩しているのか、停滞しているのか、後退しているのか。科学は進歩しているかもしれませんが、人の心が進化したかと言えば、そうではないと思わざるを得ません。

コミュニケーションは人と人との間でもまれて、学ぶものです。傷つかないようにバリアを張りながら人とつきあっていると、想像力は美しく育ちません。こうしたら相手はどう思うか。この人は、いまどういう気持ちなのか。きちんと想像力を働かせるのは大切なことです。想像力は思いやりです。そして、大人ですから、自分の言葉や態度が果たしてどうなのか、ということを検証する力は必要だと思います。そこに、「美醜」の境目があります。

失われていった古き良き習慣、良きもののなかに、美しい在り方を整えるヒントがあります。先にお話しした言葉も、大切なことを思い出させてくれます。電車のなかでお化粧をしている人は少数かもしれませんが、これはひとつの象徴的な例です。言葉を整えることは、いまこの瞬間からできること。聞かれなくなった言葉を自分に取り戻すことで、自分の美意識を整えていくことができるのです。

日々の人間関係のなかで、仕事のなかで、はしたないことをしていないかどうか、慎みを忘れていないかどうか、自分自身のチェック機能を高めていきましょう。合理性のなかから、心を震わせるような美は生まれません。本当に美しい人は、心の内側から光を放っているのです。

border line

# 16

# 「自分を落とせる人」と「実は自慢している人」

Facebookやブログなどのソーシャル・ネットワーク（SNS）によって、ありとあらゆる言葉が人々の間にあふれだし、そして会ったことのない人ともつながることができる世の中になりました。多種多様な意見や考え方が存在するのは、ある意味とても健康的だと思います。多くの人が「表現」したいし、「伝えたい」と思っているのです。

ただ、そこで考えたいのは、公《おおやけ》に書く限りは自分の文章に責任を持たなければならない（あえて強い表現をしますね）ということです。公の場であることはもちろん、言葉はあなた自身を語っているからです。

Facebookやブログ上に、自分の交友関係やお食事会などの写真が多くアップされます。たとえば、華やかなパーティーに出席したことを報告するとします。すばらしいゲスト、いろいろな人々との出会い。わくわくした時間をどう表現しましょうか。

「素敵なパーティーに行ってきました♡最高〜♡憧れの○○さんとつながりました〜」

どうでしょうか。

では、これはどうでしょう？

「素敵なパーティーに行ってきました。憧れの○○さん、まぶしすぎて倒れました」

素敵なパーティーで憧れの人と知り合いになったというシチュエーションを伝えるのに、視点を変えることでこれだけ表現に違いが出てきます。どこに軸足を置くかによって、伝える方向性がまったく変わってきます。

前者の軸足は「素敵なパーティーに参加した私。○○さんとつながった私（すごいでしょ）」というところに立っています。後者は、パーティーで会った憧れの人がどのくらい素敵だったかを述べるのに、自分を落として語っています。同じような文章ですが、後者のほうが、好感が持てるのではないでしょうか。

忙しいことの自慢、仕事自慢、食事会自慢。本人たちは無自覚だと思うのですが、受け取る人によっては、反感を抱くかもしれません。そんなときにユーモアの視点を持っていると、発信の仕方が違ってきます。また、自分を落として語ることによって、同じ内容でも好感や共感につながるのです。これは日常の人間関係においても言えることです。

自分を落とすとは卑下することでも、謙遜することでもありません。自分のなかの滑稽なところを笑える余裕があるということです。たとえば、真面目になればなるほど変なことをしてしまう……、といった人間のおかしさです。人のお茶目な一面は、周囲をふっと和《なご》ませてくれます。

このように見ていくと、自慢に気づかず自慢をしている人のことも滑稽に思えてきます。でも、自慢は自慢、やはり「しない」に越したことはないのです。言葉はあなた自身を語るものです。書いた文章を読み手の立場で確認してみましょう。

美醜の境界線

自分のその発言、発信が、
実は「私、すごいでしょ」と
自慢していることに気づいていますか?

border line

17

# 「そのままですごい人」と「自分を大きく見せたい人」

私が出会った「すごい人」たちはみな自然体で、そのままですごい人たちです。「すごい」という言葉を使うと少々インパクトが強く、目に見えてパワフルな印象がありますが、決してそれだけではありません。淡々と、着実に、我が道を切り開きながら生きている、その等身大がすごい人です。

私の親しい友人に、いつも美を追求している人がいます。外面そのものの美というよりも、内面の美しさをどう外面に表現していくか、ということに重きを置く美の在り方の研究をしています。その内容もすばらしいのですが、その人自身、気負うことなく、驕《おご》ることなく、そしていつも「おかげさま」の気持ちを忘れない人です。

また、とても上品に美を伝えているそのいっぽうで、ご両親の介護をなさっていきます。表に出ているその人の仕事の様子からは、大変な介護をしていることは伝わってきません。私は、等身大であることも美しいと思うのですが、介護についても淡々と控えめに語っているところがとても美しいと感銘を受けるのです。

その対極にいるのが「自分を大きく見せる人」です。自分を大きく見せたい人は「認めてほしい」という気持ちが強く働きます。認めてほしいと思わなくても、それに値するものは認められます。たとえば、私がどんなにすばらしい歌詞を書いても、それが世の中で認められなければ、認められない価値のものだったと思っています。そのように解釈しないと、進歩はありません。

認めてほしい、という思いは「私ってすごいでしょ」につながります。


ある人と会うために予定を合わせていました。

「その日は、○○の社長が会いたいって言うので、××で食事なの」

「その日は、ビジネス・パートナーとずっと会議」

彼女のスケジュール帳にはびっしりと予定が書き込まれていました。それはすばらしいことです。思わず、ずっと家にいる自分の予定と比べてしまい、焦る気持ちが心をよぎります。でも、自分の忙しさの伝え方に美醜は表れます。このような場合、

「忙しい、この日もだめ、あの日もだめ」と口に出さずに、空いている日を探せばいいのです。「○○の社長が会いたいと言うので」「××で食事なの」という言葉にも、自分を大きく見せたい気持ちが表れています。そして大抵の場合、現実はその言葉よりも小さなものだったりするのです。それは少し恥ずかしいことです。

そのままですごい人と自分を大きく見せたい人、その境界線は謙虚であるかどうか、控えめであるかどうかというところにあります。そして何よりも、自分を大きく見せることを恥ずかしいと思っているか思っていないか。境界線はこの意識の違いにあるのです。

美醜の境界線

自分を大きく見せたい気持ちは、
言葉の端々でわかるもの。
そのことを恥ずかしいと思えていますか？

border line

# 18

# 「私を使ってください」
# という人と
# 「私が、私が、の人」

マザー・テレサの「主よ、私をお使いください」というお祈りがあります。

「主よ、今日一日、貧しい人や病んでいる人を助けるために私の手をお望みでしたら今日、私のこの手をお使いください」

キリスト教徒ではありませんが、心がささくれ立ったときにこのお祈りを言葉に出してみると、心が落ち着きます。平原綾香さんが歌う『Jupiter』に書いた「私のこの両手で何ができるの」という思いは、自分の能力や労働力が何かのために、誰かのために役に立てるように、という祈りなのです。


介護の仕事をしている友人がいます。もともとインテリア関係の仕事をして、華やかな場にいたのですが、いまは介護の仕事がとても楽しいと言います。自分を待っていてくれる人がいる。お世話をするのは自分だけれども、それ以上の学びをもらっている。こんな自分で役に立つのなら、喜んで介護する。そして、お別れをするときは、感謝の気持ちでいっぱいになる、と友人は話してくれました。

ときどき彼女と話をすると、心が洗われるような思いがし、つい自分中心になっていた自分に気づかされ初心に帰ります。特別に意識をしなくても、マザー・テレサのお祈りを知らなくても、このような気持ちを持って日常を送っている人は、美しいのです。

企業の社長が登場するテレビコマーシャルがあります。宣伝なので仕方がないのですが、「私が、私が」というのが前面に出ていて、社長が出ないほうがいいのにと思うことがあります。押しが強くなければ商売にならないとはいえ、「私が、私が」と言われると、よい製品でもなかなか買う気になれません。

「それ私がやったの」「私が行ったから、うまくいった」「私でなければできなかった」「私が最初に考えた」と、自分の実績や成果を前面に出さずにはいられない人の心のなかには、自己顕示欲とともに、不安感や自信のなさが現れています。誰かに「すごい」と褒められ、認められることで、自分のしたことを確認したいのです。

Facebookなどにも、「これも、あれも、仕事も、プライベートも完璧。忙しすぎて幸せ！」というような投稿を毎日する人がいます。それに好感を持てるか持てないかは、そこに利他的な動機があるかないかによると思います。自己主張しか感じられないと、「痛い」です。

「私を使ってください」と「私が、私が……」の間には、利他か利己かという深い境界線があります。利他的な気持ちで取り組むことが、実は自分にとって大きな実りになる。そんなに自己主張しなくても大丈夫。自分を承認することから始めましょう。

### 美醜の境界線

利他か利己か。
自己主張しか感じられないと、
「痛い」です。

border line

19

# 「自分を出せる人」と「自己主張する人」

自分のことを自然に表現できる人は、「自分を表現する」という意識を持ち合わせていません。ただ、そこにいる。けれど、存在感がある。そして、そこにはその人らしさがあふれています。

自然と自分を出せる人には、気負いがありません。自分を表現するという意識がないのですから気負いがないのは当然かもしれません。自分のやりたいこと、やるべきことに取り組んでいる。そして、そんな自分に対する信頼があります。ですから、そのままの自分でいることに問題を感じてはいないし、そこからさらに磨いていきたいと努力をしています。

自分を信頼する、というのは、なかなか難しいことかもしれません。容姿がよければ、仕事ができたら、お金があれば、自分を信頼することができるのか。結婚していれば信じられるのか。そのように整った条件が必要かもしれないし、必要ではないかもしれない。人それぞれの価値観によるのでしょう。どんな状況であっても、自分のことを大好きでいたなら、それが信頼へつながるのだと思います。自分を大好きになるには、まずは自分のこの命を喜ぶことです。どれほどの確率で自分が存在し、その命はどれほど完璧であるか。その奇跡の命を持って生き抜こう、という強い気持ちがあることが、自分を大好きになることに結びついていくのだと思います。

少し変わったデザインのコートを着たり、髭をはやし、派手なバイクを乗り回している知人がいました。その人の職業とは少しそぐわない印象があったために、何かのおりに、なぜ髭をはやしているのか聞いてみました。

「目立つからですよ。一度会えば、ああ、あの髭をはやした人ね、と印象づけられるでしょう？　そうすると忘れないじゃないですか」

ついでに変わったデザインのコートについて尋ねると、

「これも印象づけられますから」

ということでした。でも、大切なのは、相手に自分を印象づけることではなく、ちゃんと名前とプロフィールを覚えてもらえることではないかと思うのです。ここにその人の自信のなさがうかがえます。確かに外見的な印象は相手に残るものですが、内容が伴わなければ本当に自分を伝えられたことにはなりません。

自分の実績や考え、信条などを強く主張する人がいます。自分の主義主張を強調しすぎるのは、「痛い」感じがするのです。それが「本物」であり、やるべきことをやっていたなら、誰かに引き立てられたり時代が後押しをするでしょう。自然のなりゆきのなかで、実績が浮き上がるような流れが美しい。出る杭は打たれる、能ある鷹は爪を隠す、と古くから言われています。控えめにしているほど、その人のよさが浮き立ってくることもあるのです。

美醜の境界線

本物であれば、そんなに自己主張しなくても、
誰かに引き立てられ、
時代が後押しをしてくれます。

border line

20

# 「約束を守る人」と「守らない、守れない人」

美しい行為と、美しいとは言えない行為の間にある境界線となっているのは、いわゆるエゴ、小我（利己的な立場を重んじる自主性）だと思います。自分の利益や自分のメンツを守ろうとする意識です。経済的な利益ばかりでなく、その人とつきあって得かどうか、人間関係を損得で数えている。小我を優先させていることを、自分では気づいていない人がほとんどだと思います。

約束の予定を頻繁に変更する人は、だいたい決まっています。食事の約束をしていた女友だちが、その日になって約束をキャンセルしてきた……。このような経験が何度かありました。急に仕事が入ることは私にもあります。でも、それが当日となると、よほどの理由がない限り、先の約束を反古にすることはありません。仕事の上でメリットをもたらしてくれそうな人からの急な誘いを優先したのだな、ということは、どんなに理由を説明されてもその態度から見えてしまうのです。

約束と新しい誘いを「天秤」にかける。物事を損得の天秤にかけるよりも、どちらが自分にとって最善かということを考えていきたいと思います。「損」と思えるほうを選択したほうが最善になることもあるのです。約束を守る誠実さが、心からの信頼につながっていくのです。どうしても仕方のないときは、キャンセルではなく、次の日程を決めて、せめて「約束を守る」ことにするとよいでしょう。

「お金」についての約束は、人としての在り方を問われる約束です。「信用第一」ですから、お金についてルーズになると、まっとうな社会生活を送れなくなる可能性も出てきます。お金を借りたら返す。期日までに支払いをする。資金繰りがうまくいかなくなれば、それで終わってしまうのです。

ところが、生活のレベルを守るためにお金が必要になり、借りたり、投資をつのったりする人がいます。私の知人にも、生活レベルと仕事の現状とのバランスがとれていないと思う人がいました。返すあてのないお金を借りながらの生活だったのか、最後は自己破産という結末になりました。約束を守る気がなかったのか、守りたくても守れなかったのか、彼が失ったのは信頼や人間関係だけでなく、まっとうな生活、人生も失ってしまったのです。

「約束」は「守る」ものです。でも、時にどうしても守ることができない事情が発生するのは、仕方がないことだと思います。そのときは、「守る」ことに匹敵するような誠意を相手に示すことが大切です。

約束を「守らない」ことに理由はありません。「約束を守る人」と「守らない、守れない人」の境界線にあるのは、厳しい言い方ですが、利己的な生き方そのものです。利己的か利他的か。それは、人生を左右する深い一線なのです。

美醜の境界線

約束を守らないことに、理由はありません。

border line

21

# 「褒める人」と「比較する人」

他人の素敵なところを見つけると、どんどん褒めたくなります。そして、讃えたくなります。なぜなら、そうすると、とても気持ちがいいのです。素敵！というポジティブな感覚が、何の迷いもなくすっと言葉になって出て行く。ですから、言われた人もとてもうれしい。素直に受け取れるのです。このような気持ちの流れが人との間に流れ出すと、人間関係が明るくオープンなものになっていきます。

褒める、讃えるという行為はなかなか難しく、本当によいと思っていないと言葉は上滑りしてしまいます。言葉だけのお世辞は相手に見透かされるものです。心からそう思えないうちは、言葉にしないほうがいいのかもしれません。言葉では言えても、目が言えていなかったりしますから。

ところが、いくら褒められても、うれしくない場合があります。お世辞で褒められているのも、心にないことを言われているのもすぐにわかってしまう、うれしくない褒め言葉、それは、褒め言葉のなかに「自分」がいる場合です。そして、それはこんな形の褒め言葉になります。

「スタイルがいいから、どんなファッションも似合うわね。私なんて○○だから何も似合わないわ」

「仕事がうまくいってよかったわね。私なんて……」

そこに比較があるのです。相手の成功と自分の現状を比べて嘆くのです。さて、このような比較や嘆きは、人を褒めるときに必要でしょうか。


ここに、美醜の境界線があります。


人を褒めるときに比較はいらない。その人だけを見ていればいいのです。時に人は、誰かと比べて上か下か、意識のどこかで比較するものです。人と比べて嘆いたり、また安心したりする。幸せに基準点を設けている。醜になるのは、褒める言葉が純粋でない、ということです。

褒めるときには、その人だけを見つめる。もしも人を褒めるときについ自分の現状が心をよぎってしまったら、視点を変えてみましょう。人を褒めるときに嘘はつかない。自分のことは外しましょう。

どんな幸せも、どんな美貌も、他人と比較した瞬間に色あせます。心が卑しくなります。

人を褒める、讃える行為は、ポジティブなエネルギーに満ちあふれています。相手を喜ばせるだけでなく、自分も活性化していくのです。自分も喜びを持って人を喜ばせることは、「徳を積む」ことでもあるのです。

美醜の境界線

人を褒めるその言葉のなかに、
「自分」が存在していませんか?
人を褒めるとき、自分との比較はいりません。

border line

22

# 「『最初』を忘れない人」と「自分の実力だと思う人」

いまここにいる自分。いまの自分の後ろには、いったい何人の人がいるでしょうか。いま、どんな仕事をしていても、何をしていても、最初のきっかけをつくってくれた人や、支えてくれた人がいるはずです。頑張るきっかけになる言葉をくれた人、一冊の本、一曲の歌……。自分の力だけで、人は生きてはいけません。

音楽業界は浮き沈みの激しい世界です。それだけに、その人の「運」がよく見えることがあります。大ヒットを出しても、いつもと変わらない人がいるいっぽうで、生活も言動も大きく変わる人がいます。

あるディレクターに最初に会ったとき、とてもていねいな対応で腰も低く、一緒に仕事しやすい人という印象がありました。ところが、そのディレクターが大きなヒットを出した後に会ったとき、その人は椅子に座り反《そ》っくり返って、

「吉元さん、元気〜？」

と声をかけてきました。それまでは「仕事をお願いする」という気持ちだったのが、ヒットを出した途端に「仕事をさせてやっている」という態度に変わったのです。驕

れるものは久しからず。その人は、アーティストの衰退とともに、名前を聞かなくなりました。

　私がいまこうして歌詞を書き、本を書いていられるのも、作詞家になることを勧めてくれた人がいて、小説を書くきっかけをつくってくれた人がいるからです。もちろん、その他にも多くの人が支えてくれたからこそ、この本を書くこともできたのです。仕事がうまくいったことを自分の力だと思った途端、「運」からはしごを外されます。

　これは、中国占星術の算命学のなかの法則にもありますが、運が上がったことを感謝することなく自分の力だと解釈して生きると、その歪みは必ず現象化すると言われています。ですから、運を上げていくには感謝、とくにお世話になった人にいつも感謝していることです。ところが、物事がトントン拍子にうまくいくようになると、自分のエゴもまた大きくなっていきます。

　ある知人が、私が紹介した会社とビジネスを始めていたことを、ずいぶんあとになって知って驚いたことがありました。そのこと自体は構わないのですが、こういうときは、必ず「最初」の人に報告をするものです。

「おかげさまでいいご縁がつながりました」

という報告を紹介者にすることで、また大きな応援を得られるのです。「最初」のきっかけをつくってくれた人、支えてくれた人をいつも心に忘れない人は美しい。あらためて感謝することで、初心を思い出します。それが、美しい原点に帰るということです。いっぽう、うまくいったのは自分の実力だと思う人は、心のなかからも最初の人を失うでしょう。自分の原点を知っていることは、心の芯、そして人とのご縁を強くするのです。

美醜の境界線

最初のきっかけをつくってくれた人、
支えてくれた人のことを
忘れていませんか?

border line

23

# 「Give & Givenの人」と「Win Winの人」

「ギブ・アンド・テイク」という言葉が長いこと耳に馴染んでいましたが、最近、違うのではないかと感じるようになりました。

与える。そして取る。これは決して悪い意味ではなく、与えることで、取ることができる、というお互いに利があるという意味です。でも、どうもいい感じに聞こえてこない。「やってあげるから、あなたもやってね」といった、はじめに交換条件ありきに聞こえてきます。

そして、ここ数年使われているのが「ウィン・ウィン」、どちらも利を得てハッピー、どちらも勝つ、という意味です。スティーブン・コヴィー博士の著書『7つの習慣』にも書かれていて、ひところ、ビジネスの現場でよく聞かれました。

「お互いにウィン・ウィンでいきましょう」

「私が○○したら、あなたも××になるから、ウィン・ウィンになる」

日常生活のなかで必要以上に多用されるビジネス用語、ＩＴ用語などへのアレルギーに似て、「ウィン・ウィン」という言葉には人とのつながりの薄っぺらさを感じます。所詮ウィン・ウィンの関係、そこに温度を感じないのです。また、その言葉を気軽に使っているのを聞くと、その程度の気持ちであれば仕事はしたくないと思ってしまうのです。また、気持ちもいっぺんに引いていきます。醜、です。

私のなかで、いまいちばんしっくりくる言葉が「ギブ・アンド・ギブン」＝与える、そして、与えられる。この日本語を「与えたら、与えられる」と訳すと、「ギブ・アンド・テイク」と同じ、条件付きであるかのような印象になります。「ギブ・アンド・ギブン」は、無償に近い、仏教で言う回向《えこう》のような意味だと解釈しています。人は与えることによって、与えられる。対価という意味ではありません。具体的に何かを与えられるということでもありません。人として自分は何ができるか。自分のできることをしていく。惜しみなくしていく。

私たちはすでに、必要なものを必要なだけ、必要なタイミングに与えられているのです。我欲を手放したときに、本当に大切なものを手にするのです。それが、美しい解釈だと思います。

私たちは「自分はこれだけしているのだから、相手もそのくらいしてくれてもいいじゃないか」と思いがちです。してくれなければ、不満になります。恨みにもなります。このような気持ちの根底にあるのが、「ギブ・アンド・テイク」「ウィン・ウィン」といった発想ではないかと思うのです。

ところで、「ギブ・アンド・ギブン」という言葉は口にしない。心のなかで思うことです。これが美です。口に出したら「ギブ・アンド・ギブン」の精神は無になるのです。

## 美醜の境界線

「ギブ・アンド・テイク」「ウィン・ウィン」は与える・取る。「ギブ・アンド・ギブン」は与える・与えられる。どちらがしっくりきますか？

border line

24

# 「力を借りる人」と「利用する人」

私たちは、いつも誰かに支えられながら日々過ごしています。どんなに経済的にも精神的にも自立していても、人はひとりの力だけでは生きていけません。お世話になる人がたくさんいます。

母が大病をしたとき、友人に相談するとすぐに知り合いの病院を手配してくれました。よく仕事のことを相談する友人は、いつも熱心にアドバイスをしてくれます。損得抜きで相談に乗ってくれ、動いてくれる人がいるからこそ、私はこうして仕事をして、家族も平穏に暮らしていられます。

支え、支えられ、だからこそ人と人とは心がつながり、信じ合える関係になっていくのです。力を借りる人は、そういう信頼関係を結んでいける人です。そして、必要とされるときには力を尽くすことができる。相手のためにも力を尽くしたいと思っている。深い信頼感で結ばれていきます。

力を借りるという気持ちを持つ人がいるいっぽうで、人を利用する人がいます。最初から利用しようと思っている人ばかりではないし、「利用する」という意識がなくても、いつのまにかフェイドアウトしたり、支えてもらったことを忘れたりしているうちに、結果的に人を利用したことになってしまったということがほとんどでしょう。たとえば、頼み事があるときに人を紹介してもらうことがあります。誰かを介して、その先の人にお世話になる場合、紹介者を「立てる」ことが大切だと思います。状況がどうなっているかこまめに報告することが、「信頼」につながっていくのです。

人を紹介されるということは、実はとても「重い」ことです。何年もの信用を積み重ねて紡いだ縁をつないでもらうのですから、まさにプライスレスです。その思いを大切にするひとつの証《あか》しが、報告をすることなのです。ところが、紹介したらそれきり……。これでは「利用された」と思われても仕方がありません。

では、「力を借りる人」と「利用する人」の境界線はどこにあるのでしょうか。ひとつには「けじめ」をつけるかつけないか、というところにあると思います。

私は、お世話になった人には、感謝の言葉とともに気持ちを形にして伝えるようにしています。「有り難う」という気持ちがあれば言葉だけでもいいのではないか。確かに、それも大切なことですが、目に見える形でお礼をすることでより気持ちを伝えられるのです。食事の席を設けるのもいいでしょう。贈り物を選んだりレストランを探している間に、感謝の気持ちが湧き上がってきます。気が細やかで、大人としての対応が行き届いているかどうか。これもポイントのひとつだと思います。

人はひとりでは生きてはいけません。「おかげさまで」という気持ちを忘れない、けじめのつけられる「力を借りる人」でありたいと思います。

美醜の境界線

「おかげさま」という気持ちを持って、
相手にけじめをつけられなければ、
「利用された」と思われても仕方ありません。

border line

25

# 「与えられる人」と「与えたことに執着する人」

与えられることよりも、与えることを。多くの人がその大切さを知っていると思います。与えることによってのみ、人は与えられる。幸せはそのように循環しています。でも、少し視点を変えてみると、「与えられる人」は、多くの人に心をかけてもらっている人です。与えたくなる人、プレゼントをしたくなる人、と言ってもいいかもしれません。嫌だなあと思う人に、誰もプレゼントをしたいとは思いません。魅力的だからこそ、贈りたいと思うのです。

与えられる人は、感謝の気持ちを忘れません。感謝をするから、与えられたものに気づくのです。見えるものも、見えないものも、実際私たちは多くの人から、多くのものを与えられています。

たとえば小さな親切でさえ与えられたものと感じることができたら、日々満たされた気持ちで過ごすことができると思いませんか？　それが、自分に何ができるだろう、という与える気持ちにつながっていくのです。

いっぽう、与えたことに執着する人には、困ることがあります。あれをしてあげた、これをしてあげたと、恩着せがましいことを言い続けると、与えられたほうの感謝の気持ちは薄まっていくのではないでしょうか。どこかに、もっと感謝してほしい、認めてほしい、大切にしてほしいという気持ちがあります。それは、与えたことへの執着なのかもしれません。

私にも覚えがあります。家族のことでいろいろな問題があったとき、自分にできることのすべてをやった……と思いました。結果的にはそんな努力も無になってしまうのですが、そのとき「私と同じようなことを、いったい誰が私にしてくれるだろう」と思ったことが何度もありました。そのくらいの徒労感を味わってしまったのです。

でも、そう思った直後に「神様がしてくださっている」と思い直し、自分を諌《いさ》めたものでした。与えたことへの執着が、感謝されなかったことへの怒りになっていたのかもしれません。感謝されることが目的ではなくても、どこかでそれを期待している、求めていることはエゴ以外の何ものでもありません。

「与えたことは忘れること。与えられたことは忘れないこと」

チェックポイントはひとつ、「我」が出ていないか確認することです。エゴに囚われていないかどうか、自分を見つめる癖をつけることです。自分を外から眺める目を持ちましょう。

「恩」という言葉もあまり聞かれなくなりました。失われつつある日本語なのでしょうか。心の奥にそっと灯《とも》す明かりのように、原点の在り処を教えてくれるのが「与えられた」という美しい意識になるのです。

美醜の境界線

あれをしてあげた、これをしてあげたと、人に与えたことに執着していませんか?

border line

26

# 「謝れる人」と「謝らない人、謝れない人、謝りたくない人」

先日、成田エクスプレスに乗るために、タクシーで渋谷駅の新南口へ向かいました。運転手さんが、新南口がどこかわからないと言うので道順を説明しました。ところが、曲がるべきところで曲がらないどころか、駅とは反対方向へどんどん向かうのです。そして、やっと到着したのは出発時刻の3分前。でも、タクシーの運転手さんからは、何の言葉もありませんでした。もちろん、ありがとうございましたもない。この運転手さんは、お礼も言いたくないし、謝罪もしたくない人なのでしょう。

いまから20年前のこと。知人の会社に私のクライアントを紹介したことがきっかけで、そのクライアントは知人の会社のクライアントにもなりました。ところが、知人の部下に不手際があり、紹介者である私にクライアントからクレームが入ったことがありました。緊急の呼び出しだったので、私は早々に謝罪に出向きました。そして知人に会い、クライアントからのクレームについて尋ねたところ、

「私がしたことではないし、部下には部下の考えがあるのだから何とも言えないわ」

という言葉が返ってきました。この言葉を聞いて、私は知人と距離をとることを心に決めました。

不手際、失敗、失礼、相手を怒らせたこと。そこにどんな理由があっても、最初にすることは「謝る」ことです。まず、迷惑をかけたことを謝る。それから、具体的な内容について謝る。謝る理由は、どんなときにもふたつあるのです。このふたつを迷いなくできる素直さは美しいと思います。そしてその素直さは、信頼につながります。信頼につながれば、失敗も成功につながっていくことになります。

謝らない。謝れない。謝りたくない。そこにあるのはプライドと意地、そして自分への正当化です。

交通事故では、先に謝っては不利になる、と言われることがあります。先に間違いを認めることで、被害者と加害者の構図ができてしまうということでしょうか。

謝ったら負け、という考えは、子どもの社会のなかでも多く見受けられます。子ども同士のトラブルで、親が「いまはまだ謝らないほうがいい」と子どもにストップをかけていたことを知って、とても驚いたことがあります。大人の、醜とも言える考え方がこうして次世代に伝わっていくことは怖いことです。

誰もが自分の身を守りたいと思います。誰だって自分の非を認めたくはないでしょう。いい人でいたいし、悪者にはなりたくない。でも、そのような思いは「我」です。せせこましい「欲」でしかありません。

つい最近、先の知人から謝りのメールが送られてきました。あのときは若気の至りであったこと、この20年間、謝らなくてはという思いが心の片隅にあったと書かれていました。自分を正直に見つめることが、醜を美に転換させる導きになるのです。

美醜の境界線

不手際、失敗、失礼をして
相手を怒らせたとき、
あなたはちゃんと謝れる人ですか?

border line

27

# 「謝る人」と「許す人」

謝ることも、許すことも、問題を解決したり、心にけじめをつけたりする上で大切なことです。ただ、何について謝り、許すかということによっては、美になり醜になるケースを体験しました。

一方的に怒って縁を切っていった、ふたりの人がいました。Aさんは、私がある仕事を受けたことに腹を立てました。それは、Aさんではうまくいかなかったために、私のところにめぐってきた仕事だったのです。そんな事情とは知らず、私はいつものようにその仕事を受けたのでした。

Bさんは、エッセイストを目指していた方で、私が続けて本を出版したことを快く思っていないようでした。

このふたつの出来事は、もう20年以上前のことでしたが、私にとってはとても奇妙なことでした。なぜ、このようなことが起こったのか、自分なりに冷静に分析してみたのですが、どう厳しく見ても、私の行動に非があったとは思えませんでした。ただ、私の何かが、ふたりの何かに触れたのです。

Aさんは、プライドが傷ついたのだと思います。数年後、共通の友人を通してAさんから伝言がありました。

「あなたを許すことにします」

心のけじめにしたつもりだったのかもしれません。でも、その言葉はただ、ずっと自分のエゴに気づいていないことを示していました。「ありがとうございます」という言葉を先方は期待していたのでしょうか。でも、私には、とくに返す言葉はありませんでした。

10年近く経ってから、Bさんからメールが届きました。

「自分が恥ずかしい。ごめんなさい」

長い間、Bさんが自分への苦い思いを抱き続けていたことが、この言葉からわかります。そして、勇気を持って伝えてきた。これが本当の心のけじめであり、エゴをひとつ克服できたことなのだと思います。

エゴのない人はいません。私も日々、自分の内にあるエゴを感じながら生きています。自分のエゴを見つめ、それを乗り越えて、心の成長のきっかけにできるかどうか。謝る、許すという言葉の意味からはかけ離れた美醜のケースですが、エゴについて、そしてどのような態度が美しい結果を招くのかを考えるいい勉強になりました。

美醜の境界線

心にけじめをつけ、
エゴの克服ができなければ、
心から謝ることはできません。

border line

28

# 「捨てられる人」と「こだわる人」

「こだわる」という言葉。いまでは「妥協しないで追求する」というような肯定的な意味で使われることが多いですが、実は「必要以上に気にする」「気持ちが囚われる」「難癖をつける」というのがもともとの意味です。「こだわりの一品」「匠のこだわり」という使われ方をよくよく読み込んでみると、ポジティブなようでありながら、頑固さや強い執着、といった印象が垣間見えると、ある新聞社の編集委員をなさっている方から聞きました。

「こだわり」に代わる言葉として「信念」「理想」という言葉をうまく使うと、印象が変わってくるのではないでしょうか。

時代によって言葉が変化していっても、やはりもともと持っていた言葉のニュアンスを、払拭することは難しいでしょう。

「こだわり」は「執着」という言葉にも置き換えられます。物事に固執する、囚われて手放すことができないことです。過去のつらかったこと、お金、家族、仕事、仕事仲間に対して……。自分の心をよく見つめてみると、手放せずに心のなかに溜め込んでいる感情や出来事があると思います。それも「こだわり」です。

愛する人への思いが、純粋な愛ではなく執着になっている。誰かのひとことが心に残って、「傷つけられた」とこだわり続けている。絶対にこれでなくちゃいけない、と「もの」への執着はないでしょうか。自分の心を見つめていると、小さな出来事であっても重りのようになっていることがあるものです。

「何でこうならないのだろう」「こうするべきだ」「あんなことさえなければ」……私たちの心のなかには、そんなこだわりや思いのかけらがたくさんあるものです。それらをすべて捨て去る、というのは難しいことですが、心のなかに沈殿しているこだわりが、進むべき道を阻むことがあります。また、我欲やプライドを満足させるために事にあたっても、物事はうまく進まないでしょう。何か「事にあたる」とき、自分の利のためではなく、世の中のために、人のためにという気持ちを持つと成就するということなのでしょう。

私の場合、私が書いた言葉が誰かの役に立ったり、喜んでもらうことが、本や歌詞を書く目的なのです。仕事を義務、営利でするのではなく、その仕事によって誰かの役に立っているということに気持ちの主軸を置く。そして、そのプロセスにあっても、常に自分の我欲を見つめ、心を整えながら仕事をする。すると、物事はうまくいく。

自分だけのためにではなく、誰かのために、世の中の役に立つためにと考えることで快感物質であるアドレナリンが分泌されるように人間はできているのです。

我（が）を「捨てる」ことで、我（われ）を生かす。こだわりを捨てた心から、新しい自分が生まれるのかもしれません。

美醜の境界線

こだわりは執着。
執着は心を軽くしてはくれません。

# 「マナー」を通した美しいつながり

人と美しくつながっていくために、大切にしたい「マナー」があります。

「最初の人にいつも感謝すること」

仕事でも友だちのおつきあいのなかにも、きっかけをつくってくれた「最初の人」がいます。

その人を大切に思うことで謙虚さや感動を忘れずにいられれ、心が揺らぐことがあっても、また軸を戻すことができるのです。

マナーから一歩進んで「義」ということを考えてみたいと思います。

「義」は儒教における思想の五常（仁・義・礼・智・信）のひとつで、「人として守るべき正しい道」のことです。相手に不快な思いはさせない、礼儀であるマナーの奥には、実はこの「義」があるように思います。

SNSを通じて、人と人がつながっていく時代、真ん中にいる人を飛び越えて、いくらでもつながっていきます。つながることに心をとられ、なおざりになっている大切なことがあります。それが「マナー」であり、「義」につながっていく心です。ご縁のきっかけになった人にメッセージを送ることなく飛び越えてしまう人が非常に多いことに、大人である私たち世代の常識の危うさを感じるのです。

私は「つながり方」「つながりの質」を大切にすることが、美しい人間関係を築いていく基礎になっていくのではないかと思います。

先日、仕事のことで相談したいことがあり、Aさんにお会いしました。Aさんとは、親しい友人であるBさんの紹介で知り合いました。私は約束の前日、Bさんにメールをし、Aさんにお会いすることを伝えました。Aさんもまた、Bさんに私と会う旨を伝えたそうです。これが「義」です。一通のメール、一本の電話で美しい流れのつながりになる。相手を大切に思う心を持っていたら自然とできることなのです。

わくわくするつながりも楽しいものです。でも、そこには年相応の深みと品格がほしいと思います。マナー、そしてその奥にある義の心は、人として美しい在り方の表現です。美しいつながりは、その人の人生そのものを表しているのです。

border line

# 29

# 「筋を通す人」と「礼を失する人」

学生時代の友人からFacebookにメッセージが届きました。

「由美、A子さんって知ってる？　突然友だちリクエストがきたのだけど、メッセージもなくて。それに、私の友だちのいろんな人にリクエストしているみたい」

友人は当惑気味でしたが、A子さんは私の仕事関係の人に、Facebookからメッセージを送り、頼み事をしていたことがわかりました。でもA子さんを知っている私は、さもありなんと思ってしまいました。

Facebookでメッセージをつけずに友だちリクエストをするという行為は、チャイムを鳴らさずにいきなりドアノブをがちゃがちゃと回すことと同じです。それだけでも「醜」なことなのですが、間に入っている人を差し置いて、その先の人とメッセージもなしにつながろうとするのは、いい気持ちがしないものです。礼を失する……失礼と受け取られても仕方がありません。

厚い人間関係というのは、一朝一夕にできるものではありません。時間と、たとえささやかなことでも信頼を積み重ねてできあがるものです。そんな歴史と信頼関係があるからこそ、時には無理なお願いも聞いてもらえるし、ひと肌脱ごうという気持ちにも動かされるのです。ですから、間にいる人を踏み越えて、その人の友だちにお願い事をすることは、人が培ってきた人間関係に土足で踏み込むようなことなのです。ただ、このことをわかっていない人は、本当に多いです。昔よりも人がつながっていく機会が増え、「ご縁ができる」ということの重みや有り難さが希薄になっているのかもしれません。

私たちはひとりでは生きていけません。お互いに支え合い、誰かが誰かの役に立ちながら、この社会は成り立っています。「おかげさま」の「かげ」は、目に見える多くの人や自然であり、目に見えない大いなる力のことです。その「おかげさま」をいつも感じている人は「筋を通す人」、つまりは原点を忘れない人です。いま、ここにいるのは誰のおかげかということを大切にしているからこそ、間に入っている人を通して、その先の人とつながっていきます。だから、応援してもらえるのです。

私たちの両親の時代は、まさに礼節を重んじ、筋を通すことがあたりまえの時代でした。失礼のないように心を尽くしていたように思います。

いろいろな形のコミュニケーションの場が、人と人の間の垣根を低くした分、礼を尽くす気持ちのレベルも低くなってしまったのかもしれません。垣根が低いからこそ、礼節を忘れず、きちんと筋を通すことが大切なのです。

美醜の境界線

間に入っている人を踏み越えていくことに、鈍感になっていませんか？原点を忘れていませんか？

border line

30

# 「距離をおく人」と「逃げる人」

「逃げる」という言葉のイメージがついて回っているAさんという人がいます。ある仕事の件で確認したく連絡をとるのですが、メールの返信もなく、電話のコールバックもありません。ようやく話すことができたら、別の人の担当だからと電話を回されました。担当だという人は、Aさんの担当だ……と言います。きちんとAさんに話をしようとしているのですが、「予定をみて連絡します」という返信から数週間が経ちました。Aさんは、明らかにその件について話をしたくないのだということがわかります。

「やりたくないこと」「聞きたくないこと」「言いたくないこと」から逃げていても、何の解決にもなりません。時間を引き延ばしても、いつか向き合わなければならないときがきます。もしそのままになったとしても、信用を失うでしょう。残念なことです。

仕事の広がりのなかでは、頼まれ事、興味のある仕事、気の進まない仕事などいろいろな案件があります。そのなかで、対応に気を遣うのが「断り方」です。私が仕事を断るということはめったにないのですが、お断りするときには理由を説明するとともに、残念な思いと感謝を伝えるようにしています。また、仕事以外の頼まれ事をお断りするときには、力不足である旨を伝え、お詫びをするようにしています。

私も何度か経験したことがあるのですが、相手の断り方によっては「この人、逃げた」と思ってしまうことがあります。

企画などを提案したときに、企画書を読む前にいまの社会状況や会社の事情などの否定的な面について話をされると、こちらの気持ちも萎えていきます。そこで、この人はやる気がないのだなあ、ということが伝わってきます。また、さっと話題を変えるなど、顔色や態度にも見てとれることがあります。

面倒なことに関わりたくない、責任を持ちたくないと思うのも人情です。ただ、言葉に出さなくても、思いというのは想像以上に相手に伝わるものだということを、私たちはもっと知っておいたほうがいいように思います。そして「逃げる」という一面を見てしまうと、私のなかでの信用度は限りなく低くなるのです。

同じ「何か」から離れる意味の「距離をおく」には、冷静さがあるようなイメージがあります。できるだけ誰も傷つけないように、相手の心象を悪くしないような形で離れることは、お互いを守ることにつながります。そして、距離をおくというスタンスをとっていると、時が経ったときに、また自然に再会することができるのです。自然消滅したカップルが再会したときには、それほど嫌な気持ちはしないことに似ています。

「逃げる人」からは「距離をおく」ことが、懸命な選択です。

美醜の境界線

● 言葉に出さなくても、面倒なことから逃げたい気持ちは想像以上に伝わるものです。

border line

31

# 「耳を貸す人」と「耳をふさぐ人」

批判されるのは、本当に胸が痛みます。私のような仕事は、常に批判の目にさらされているようなものです。世の中に出した作品は丸裸のようなものですから、常に評価にさらされ、それが売り上げなど「見える結果」につながります。しかるべき人からのフィードバックは自分の成長のために必要なのですが、インターネットのなかでの心ない口コミは読まなくてもいいのかな、と思っています。

仕事にしても、自分自身、あるいは家族のことにしても、フィードバックは、それが厳しいものであればあるほど聞く必要のあるものです（心あるフィードバックのことです）。

心理セッションの一貫とはいえ、アートセラピー、ドリームセラピーを学んでいたころのファシリテーターからのフィードバックは、ぐさぐさと胸に突き刺さりました。自分の見たくないところ、抑え込んでいたことを指摘されます。「本当の自分」から逃げていては「本当のこと」はわからないと、胸に刺さった矢を半泣きで抜いていったような経験をしました。でも、その経験を味わったからこそ、いまこうして仕事をし、家庭を持つことができたのだと思っています。

批判に耳を貸すのは勇気がいりますが、その勇気は確実に次につながるものです。自分では精いっぱいやっている、完璧だと思っても、成長の余地は必ずあるものです。謙虚な気持ちで批判に耳を傾け、納得することができたら改善していけばいい。批判は耳に痛いことばかりなのですが、心の奥で納得している、自分でもわかっていることも多いのです。認めたくない自分がそこにいるだけで、認めたくない自分を認めることができたらいい方向へ向かうのです。

他人の批判やアドバイスに、まったく耳を貸さない人がいます。やりたいように、我が道を行く人たちです。このような人は、結果がどうなっても自己完結するのでいいのですが、耳をふさぐ人には、批判以前の何かがあるように思います。

自分でわかっているのです。批判をされても仕方がない。たとえば、自分の行いや言動について、言い訳をしたいことがたくさんある。でも、その言い訳が、自分にしか通じないこともわかっている。それを聞くのが怖いのです。

あることを、どうしても伝えなければならないことがありました。勇気を持ってその人に伝えると、その人はいまにも泣きそうに、凍りついたような顔をしました。でも、聞いていないいな、私の言葉は届いていないと思いました。泣きそうな顔をしているのは、これから自分がどうなるのかという不安だったのかもしれません。その不安を抱えたまま隠れている限り、耳を貸すべき言葉は何も入っていかないのです。

完璧な人はいないし、完璧に物事をやり遂げる人も多くありません。成長するために、人の意見や批判に耳を貸せる度量があれば、どんなことも乗り越えていけるはずです。



批判は、フィードバックは、
厳しいものであればあるほど
聞く必要のあるものです。

border line

32

# 「悩みを解決したい人」と「悩みを解決したくない人」

悩みにも悩み方があります。人の数の何倍もの悩みがありますが、大きくふたつの悩み方に分かれるように思います。本気で「悩みを解決したい人」と「悩みを解決したくない人」です。解決したくないなら悩みにならないのではないか、と思うのですが、本人は悩んでいるのです。悩んでいるから人に相談する。そして、悩みを解決したくない人ほど、他人に相談するのです。

友人から相談の電話が、昼も夜も夜中もかかってきた時期がありました。そのような相談の電話をする人は、だいたいひとりでずっと話し続けます。アドバイスをすると、「でもね」と言って、自分の主張を続けます。そして、こう言うのです。

「由美さんはどう思う？　どうしたらうまくいくと思う？」

そしてまた意見を言うと、「でもね」となるわけです。

これは、解決をしたくて私に意見を求めているのではありません。ただ、聞いてほしい、愚痴を言いたい、私ってこんなにかわいそうなの、悩んでいるの、と言いたい。もしかしたら、わかってほしい、注意を引きたいという思いもあるのかもしれません。

どちらにしてもアドバイスを聞く気はなく、ただ相手のエネルギーを奪って元気になるエネルギー・イーター（energy eater）です。

悩みを聞くことは、決して本人のためにならないことを、私はこのような多くの経験から学びました。そして悩みを解決したくない人から相談されたときにはこう言うようにしています。

「……それで、あなたはどうしたいの？　どうなりたい？」

解決したくない人は、この質問に明確に答えられないのです。

先日も、〇〇の事情があって、××できるかどうか……という相談がありました。

「本当に望めば、〇〇は支障にはならない。答えを自分のなかに見つけてください」

この言葉の真意が伝わったかどうかはわかりません。

選択で悩んでいる人には、「答えはあなたのなかにある」とアドバイスするしかありません。解決したくない人は、常に悩みを抱えていることに心地よさを感じているということもあるのです。悩むような事情を自分が引き寄せていることに気づくと、もう無駄に悩むことは起こらないのです。

悩みを真剣に解決したいと思っている人は、答えを自分のなかに求めます。ですからそれは、とても苦しいものになります。相談をしたなら、アドバイスをしっかりと聞きます。そして、生かすべきところは生かします。または、人には相談しない場合もあるでしょう。アドバイスをされても、心底納得しなければ解決にならないことを知っているからです。

きちんと悩むことが、自分の成長につながります。悩み切ったそのときに、腹の底にすとんと落ちる何かがある。そのとき初めて、深い納得感に満たされるのです。

美醜の境界線

相手のアドバイスに「でもね」を連発する人は、
相手のエネルギーを奪うだけの、
エネルギー・イーターです。

border line

33

# 「誠実な人」と「誠実でありたい人」

どうしても伝えておきたいことがあって、知人に連絡をしていました。全国を飛び回っている人なのでなかなか連絡がつかず私も困っていたのですが、1カ月後にやっと会うことができました。伝えたいことは、その人にとってはいいニュースではなかったので、私と会うのは後回しになっていたのかもしれません。

「忙しいのに、本当にありがとう。いつも感謝しています」

その人は、申し訳なさそうにそう言いました。その表情は、その人の誠実さを語っているように感じられました。実際、本当にそう思ってくれているのだと思ったのですが、それは後に崩れてしまいました。

肝心の内容の話に入ると、その人の表情が変わってくるのがわかりました。プロジェクトの懸念事項を伝えると、「私には関係ないことなのでわからない。何も聞いていない」の一点張りでした。明らかにそうではない、その人の言葉が残念というよりも、ショックだったというのが、正直なところです。

自分の非を指摘されたとき、誰もが自分を守ろうとします。頭のどこかではわかっていても、認めたくない、受け入れられない。そうではないということを、なんとかして伝えたい。言い訳をしたり、非を認めつつもその理由や経緯を説明したくなるものです。決して「美しい行為」ではありませんが、それも人情、私もよくわかります。でも、非をすぱっと認めるいさぎよさと正直さをいつも持ちたいと思うのです。

しかし、これが事実と異なる「嘘」となると違ってきます。明らかにわかる嘘をついてしまうということは、信頼を失うことです。その場はしのげるかもしれませんが、嘘によって失ってしまった信頼を取り戻すことは簡単ではありません。そのようにして話を終わらせたかったのか。嘘をついてしまうほど、その人は非を認めることができなかったのでしょうか。でも実際に終わってしまったのは、人間関係かもしれないのです。

誠実でありたいという気持ちと、嘘で自分を守ろうとする気持ち。誰にでも矛盾する気持ちはあります。葛藤したり、相反する思いに悩むこともある。そんなときは、自分の気持ちを眺められるかどうかがポイントだと思います。眺めるとは、他人事のように客観的に見るということではなく、自分の状態を分析することでもあります。まず葛藤の渦のなかにいる自分を確認します。それだけでも安心します。そして「ほどく」イメージで、相反する気持ちを持つふたりの自分を分けてみる。すると、何が大切かということが見えてきます。

自分を守ろうという心理が働くことを素直に認めると、最善の答えを出すことができます。そのときは自分にとって不利だと思えても、結果的にはよい方向へ向かうのです。もしも知人が言い訳しても現状を認めてくれたら、信頼を失うことはありませんでした。「誠実でありたい」という思いのどこかには、自己アピールがあるように思います。誠実な人は、誠実でありたいと思わなくても、誠実なのです。



誠実な人は、
誠実でありたいと思わなくても誠実なのです。

border line

34

# 「他人の目を生かす人」と「他人の目を気にする人」

「他人の目」をどう捉えるか。

他人の目を意識する前に、一度自分が他人に向けてどのような目を向けているか見てみましょう。

自分は人のことをどんなふうに見ているでしょうか。批判的に見ている。人の欠点が気になる。もっとこうすればいいのに、と思う。まず、よいところを見る。ジャッジする目を持たず、そのままを見る。ポジティブな見方をしているか、ネガティブな見方をしているかで、自分にとって「他人の目」がどういうことなのかということがわかります。

「他人の目が気になる人」は、他人を見るときに自分もジャッジする人です。外見、ファッション、仕事、プライベート……、スキャンをするように他人をチェックしている自分がいるので、逆に自分がどう映っているのか気になるのです。

また、判断の基準が自分のなかにない場合も、他人の目、意見が気になります。

私が以前受講したセラピーのセッションでは、対話をしながら「自分」を深めていきました。そのときに他の受講生からよく出てきたのが、「親がこう言ったから」「夫がこちらのほうが好きだから」といった、他人の尺度でした。そんなとき、

「自分はどう？　自分はどうしたいと思っているの？」

とファシリテーターは質問します。そこで、はっと気づくのです。基準を自分のなかにしっかりと持つと、ぶれることがないのです。

人と会っているときに、相手の目線やちょっとした表情が気になって仕方がないことはないでしょうか。相手が目線を外したから嫌われたんじゃないか。とくに好きな人や憧れている人の目線が気になります。その気持ち、よくわかります。また、他人と比較しがちな人、優越感を得たい人も、他人の目を気にするでしょう。これも他人の目を気にしすぎるあまりに、自分が薄まってしまうパターンです。

そのいっぽうで、他人の目を生かす人がいます。自分の見せ方をよく知っている人です。自分のセンスを生かし、自分の考えで判断して行動する。我が道を行く。それを他人が見て感動し、支持する。応援する。それを自分の励みや力にして、また自分

を磨いて前へ進む。これは他人の評価を気にするのではなく、他人の評価を糧《かて》にしていくパターンです。

時にはいい評価でないこともあるかもしれませんが、それをプラスに転換し、自分を再確認するきっかけにする。他人の目に触れるようになると磨かれます。他人の評価を前向きに捉え、自分を磨く努力をしていくと、どんどん輝きを増しながら成長していけるのです。

「他人の目を生かす人」と「他人の目を気にする人」。その違いは、その「目」を前向きに捉えられるかどうかということ。心のベクトルの方向性ひとつなのです。

美醜の境界線

- 外見、ファッション、仕事、プライベート……、常に他人をチェックしている自分がいるので、逆に自分がどう映っているのか気になるのです。

border line

35

# 「強い人」と「きつい人」

私が身を置いている音楽、出版業界は未だ不況の真っただなかにあります。いい歌、いい本だからといって売れるわけではない。予測不可能な厳しい状況のなか、小さくても可能性を見つけていかなくてはなりません。

そんななか、ある著者が、自分が売れない原因を出版社、事務所のせいにしているという話を聞きました。その人は担当編集者に「あなたのやり方が悪い」「自分はもっと売れるはずだ」と言い放ったそうです。こう言われた編集者は、志気を失いました。なかなか売れないから志気を失ったのではなく、一緒にやっていくのは難しいと思ったそうです。

「彼女は強いですから」

と編集者は言っていましたが、果たしてそれを「強い」というのか、彼女は「強い」のではなく「きつい」のではないかと、いろいろなことを考えさせられました。

「強い人」と「きつい人」の圧倒的な境界線は、忍耐力、辛抱する力があるかどうか、そして、相手への配慮があるかどうかということだと思います。人間、ピンチのときに真価が問われます。困難をどう捉えるか、どう乗り越えていくか。ここで試されるのが、耐える力です。思った通りにならない現実に焦っている自分自身にも、耐えることです。実はこんなピンチのときにこそ、山あり谷ありの人生を乗り越えていく醍醐味がある。困難なときほど「自分」が現れるものなのです。

人生、生きていればいろいろあります、ひとつ解決したら次。そして、また次。怒ったり、嘆いたりして問題が解決するのなら、いくらでも怒りましょう。でも、怒ってもどうにもならない。自分の怒りを自覚できたのならそれでいい、と私は思っています。

ピンチは嵐に遭っているようなものです。嵐のなかで急いで先に進もうとしても、向かい風に阻まれて進むことはできません。どこかで嵐が過ぎ去るのをじっと待つか、嵐を抜け出す方法はないか知恵をしぼるしかないのです。嵐のなかで怒っても、他人を責めてもどうにもなりません。

焦りを感じて八つ当たりしている著者は、忍耐力を持ってもっと有効に自分の才能を使うべきでしょう。それが困難を創造的に乗り越えていく術です。

怒りや嘆きを誰かにぶつけたとしても、その矢は最後には自分へ向きます。自分自身を卑しめ、傷つけていることになるのです。

「強い人」は、困難を忍耐と知恵で乗り越えられる人です。困難なときに強い言葉で他人を責めたり、他人のせいにする人は強いのではなく「きつい」のです。そこに生産性はまったくありません。困難なときにこそ、発揮できる力があります。強さを生産的に、創造的に使っていく。それが人間力なのです。

美醜の境界線

きつい人は、怒りを人にぶつけ、
強い人は、怒りを自覚し怒る自分に耐える……。
ピンチのときほど、どちらかの自分が露呈します。

border line

36

# 「タフな人」と「強がる人」

Be Tough and Beautiful.

これは、私が主宰している「LIFE ARTIST」のミッション・ステートメントです。ライフ・アーティスト、すなわち人生を創造していく、タフで美しい人になろう、というゴールを掲げています。

なぜ「ストロング」ではなく「タフ」か。そこに私なりの境界線があります。「強い人」もすばらしいのですが、「強い」「ストロング」という言葉には金属をイメージさせる硬質な感じがし、アグレッシブな印象を受けます。岩をも打ち砕く力、何があっても跳ね返す。そんな、負けない強さです。

いっぽう、「タフ」という言葉は、同じ強さでも「しなやかに強い」というイメージがあります。相手を打ち砕いたり、跳ね返したりする強さではなく、少々のことは受け入れ、時には自分の意を抑えることができる。たとえば、木の枝に手のぬくもりを加えるとしなっていくような「柔軟な強さ」です。そして、どんな状況にも合わせられる忍耐強さを持っています。

10代のころに父親を突然亡くした友人は、その環境の変化にしなやかに順応していきました。側で見ていて、友人がすべてを受け入れていく姿に感動を覚えました。生活が大変になっても、そのときに自分のやれることを精いっぱいやって、自分の道を拓いていく。彼女から不平や不満、不安の言葉をひとことも聞いたことがありません。そんな彼女の生き方、在り方を美しいなあといつも思うのです。

長い人生のなかでは「こんなはずじゃなかった」「なぜこんなことが起こるのか」と思う想定外のことが起こります。「私は、何があっても大丈夫よ」と言葉にするかどうかは別として、こんなとき、外に向かってこのようなメッセージやエネルギーを盛んに発している「強がる人」は、言葉とは裏腹に、息切れしやすいのではないかと思います。いっぽう「タフな人」は、流れに沿うように乗り越えていくので、どんな状況にあっても心のどこかに幸せ感を持ち続けられるのです。

強引ではないかと思うようなビジネスを展開していたある知人は、取引先から訴えられてしまいました。内心びくびくしているのがよくわかるのですが、残念なことに、トラブルの原因を自分以外の外側に探し、自分を見つめることができません。「先方は常識がない。私に嫉妬している」というのが知人の見解です。タフな人なら、トラブルの原因を自分の内面に求め、柔軟に解決へ向けて動くでしょう。

「タフな人」と「強がる人」の境界線は、ピンチに陥ったときに「こう来たか」と思って対処するか、「こんなはずではなかった」と思いながら対処するか、です。自分の弱さも強さも知っている……それが「タフ」ということなのだと思います。

美醜の境界線

## 自分の弱さを認めない、強がる人になっていませんか？

border line

37

# 「つらいときほど微笑みを忘れない人」と「つらいのに笑う人」

順風満帆な人生を送っているように見えた友人が、あるとき本音を語ってくれたことがありました。「仕事の上でも家族のなかでも誤解を受けて、とてもつらい時期を過ごしたことがあり、自分を見失わないようにするのが大変だった」と言うのです。そのころ、私たちはよく食事をしながらいろいろな話をしました。彼女にいろいろなアドバイスを求めるたびに、私の身になり、心をこめて一緒に考えてくれました。そんな時期に、友人が困難のなかにあったとは、まったく知らなかったのです。

この友人は何によって支えられていたのだろうと考えました。

淡々とやるべきことをしていたその人は、いつも優しい微笑みをたたえていました。それは、泣きたいときに強がる微笑みではなく、思いやりに満ちた心からの微笑みなのです。他人のことを悪く言わず、誤解をして彼女につらくあたっていた人たちのことさえ、相手の事情を慮《おもんぱか》るように話すのを見て、こちらも胸が熱くなりました。

つらいときほど微笑みを忘れなかった彼女の強さは、自分を信じるということに支えられていたのかもしれません。どんなときも人を大切にし続ける。それが、彼女の美学なのだと思います。

つらさをみじんも見せない人を、「何を考えているかわからない」「本心を明かさない」と揶揄する意見もあるかもしれません。でも、「つらさ」というのは本人にしかわからない。自分を支えるために、あえて人には見えないようにするというのも、ひとつの在り方なのだと思います。

つらいときに、痛いほど笑っているポジティブな人がいます。そんなに無理に笑わなくてもいいのに……という人です。明らかに大変そうなので、「大丈夫？」と聞いても、「何の問題もない」と明るく答えられると、もう支えようがないのです。つらいときにも前向きな気持ちを忘れないことは大切なことですが、つらさを認められずにポジティブ・シンキングにしがみついているのは、少し違うように思います。

ポジティブな考え方をするのは大切なことです。でも、それが高じると人は万能感に満たされ、すべてうまくいきそうな気になります。振り子が大きく片側に振れたイメージです。ところが振り子ですから、現実とのギャップが大きいほど思いきり反対側に振れます。すると今度はその現実を受け入れられないくらい落ち込むのです。

前向きであろうとする気持ちも、自分のつらさをわかってこそだと思います。

「つらいときほど微笑みを忘れない人」は、自分のつらさがよく見えています。微笑むことで自分を支え、癒せるのです。

「つらいのに笑う人」は、どうぞ肩の力を抜いて、「つらいなあ」とつぶやいてみてください。自分の本音とともにいられると、自然に笑えるようになるのです。

美醜の境界線

〝ポジティブ〟にしがみつかず、
自分の気持ちを受け入れることは、
自分を大切にすることでもあります。

border line

# 38

# 「ネガティブな自分を受け入れる人」と「ネガティブはいけないという人」

ポジティブであること、前向きな気持ちでいることがいい運を引き寄せる。ポジティブであることで脳のなかでは快感物質であるドーパミンや$\beta$《ベータ》エンドルフィンが分泌されます。ポジティブ・シンキングについての本が書店の自己啓発本のコーナーにはいっぱいです。私も大賛成だし、できるだけポジティブに物事を捉えていこうと思います。

ところが、ポジティブ・ムードが高まるなかで、ネガティブは幸せになれない、といった気分も強くなっているような印象があります。

たとえば、落ち込んでいると、「そんなことでどうするの！」と背中を叩かれてしまう感じです。

人間だから、落ち込むことも、物事をよく考えられなくなるときもあります。うまくいくことばかりではない。山あり谷あり、時には谷底ありというのが人生です。いつも気持ちが上向いているということはありません。

私は、ネガティブな気持ちになる自分を受け入れることは大切なことだと思っています。それも感情のひとつの流れです。うれしい、楽しい、悲しい、腹立たしいと同じです。ただ、「ああ、ネガティブになっているなあ」と感じればいいのです。感情を一度受け入れることで、手放す回路ができるのです。

ネガティブはいけないと思う人は、湧き上がった感情に蓋をして見ないようにする傾向があります。落ち込んだ自分を認めることができずに、なんとか自分を鼓舞しようとする。ネガティブになったことに罪悪感を持つのです。そんな自分を他人に見られたくない。ポジティブでいようと、どんなときも笑顔で背筋を伸ばしているのです。それは一見いいことのように見えますが、度を越すと不自然です。自分で自分を認められないのですから、落ち込んでいる他人も認めることができなくなります。落ち込んでいる人に、「そんなことでどうするの」と背中をどんどん叩いてしまうのです。

多くの人が、ネガティブにならないほうが好ましいと考えていると思います。では、「ネガティブな自分を受け入れる人」と「ネガティブはいけないという人」の境界線はどこにあるでしょうか。自分への「まやかし」があるかないか、不必要なプレッシャーを課していないかというところに、ネガティブになった人をふたつに分ける境界線があるのではないかと思います。

ネガティブになることを認めない友だちに、私は本音を言うことはできませんでした。彼女に「すべてうまくいってるわ」と言われても、そこに彼女自身の体温を感じることができませんでした。このままではずっとすれ違いのままです。「そういうときもあるよね」と共感し合えるからこそ、信頼を寄せられる。友人たちとは、そんなふうにつながっていきたいと思うのです。



自分のなかのネガティブな感情を認められないと、
落ち込んでいる他人も
認めることができなくなります。

border line

39

# 「打ち明ける人」と「隠す人」

「LIFE ARTIST」というサロンセミナーのプログラムに「感動で綴る自分史を書く」というものがあります。それまでの人生を振り返り、みんなでシェアしながら、最終的には文章にまとめていきます。このプログラムはコースのなかのハイライトですが、受講生にとっては取りかかりにくいテーマです。

誰もが順風満帆な人生を過ごしているわけではなく、思い出すのがつらい出来事もたくさんあります。心の奥に封印していたものを開くのは勇気のいることなのですが、そこを乗り越えて自分史を書いてみると、重い荷物を降ろしたような、ひと山越えたような爽快感を味わえます。これまで他人には言ってこなかったこと、つらかったことをちゃんと書けた人ほど、たくさんの気づきを受け取れます。爽快感も強まるのです。

自分史を書き、それをみんなでシェアすると、不思議な一体感が生まれます。おもしろいことに、打ち明けて、話を共有することで、私たちはひとりではない、深いところでつながっていることを実感できるのです。大人になると体裁を考えたり、見栄を張ったり、知らず知らずのうちに本来の自分から離れてしまうことがあります。人は、そんな自分を見て好きだと言ってくれる。では、打ち明けていない体験や本音を見せたらどうなのだろう。そんな人だったんだ、と思われるのが恥ずかしい。そんな会話が心のなかをめぐっているのかもしれません。

でも、いまの私たちをつくってきたのはこれまでの経験です。いいことばかりでなかったとしても、さまざまな体験を通して強くなり、学んできた結果が「いま」だと思うと、私自身はつらい経験を話すことに何の躊躇《ちゅうちょ》もなくなりました。そして、打ち明けてくれる人には信頼を寄せるし、打ち明けられない人にはエールを送ります。

「つながる」とは、名刺交換だけでも、コミュニティに参加するだけでもない。内側から湧き上がる共感を伴ってつながっていくものだと思います。奥歯に物が挟まったような言い方をしたり、意味深な表情で言葉を濁すなど、本心を隠していると明らかにわかってしまう人とは、こちらも距離をとっておつきあいしたほうがいいのかな、と思わざるを得ません。

「隠す人」は「知られたくない人」です。いろいろな問題を抱えている友人に、

「最近はどう？」

と聞くと、

「何が？　何も問題ない」

と笑顔で答えます。でも、その笑顔は本心がばれるのではないかとびくびくしているように見えました。彼女が打ち明ける勇気を持つことができたら、どんなに楽になるでしょうか。打ち明けるのも隠すのも自由です。いいも悪いもありません。ただ、50歳を過ぎると、「隠す人」とは、深いつながりを持てないなあと思っています。

打ち明けるのも隠すのも自由ですが、
隠す人とは深いつながりを持てません。

border line

40

# 「自由な人」と「何でもありの人」

心から「自由な人」は、風のようです。囚われがなく、軽やかで、自由であることを主張しない。人に自由であることも求めない。喜ぶときには思いきり喜び、悲しむときには胸を抱きしめるようにして悲しむ。怒りを静かに表し、昇華させる。あるがままの自分を生きています。そして、自分のすべてのことに責任を持ち、自分が為すべきこと＝仕事や学び、義務を責任持って全《まっと》うします。

自由というと、根無し草的な、好きなことだけをしている印象があるかもしれません。言いたいことを言い、やりたいことをやる奔放な人を思い浮かべるでしょう。自分勝手という言葉が浮かびそうです。でも、本当に自由な人には耐える力があります。

アウシュビッツ収容所にいたときの経験を描いた『夜と霧』の著者であるヴィクトール・フランクルは、収容所のなかには希望があった、と書いています。処刑以外でもどんどん人が亡くなっていく状況のなかで生き延びている人は、いつも未来に向けて夢を持ち続けていた、と言います。絶望のなかに希望を見いだしていける力を持っている、これこそが究極の自由です。体は囚われているとしても、心のなかの自由を誰も奪うことはできません。

自分が抱えている現実を嘆く前に、心のなかの自由を獲得することが大切なのです。これが、真の「ポジティブ」であり、自由であるということなのでしょう。

ポジティブであることが大事であることは誰でも知っています。しかし、あまりにもポジティブ、前向きであることを求めすぎると、「私の夢はすべて叶う」という万能感に囚われ始めます。そこで「何でもあり」という発想につながります。いいこともそうでないことも何でもあり。確かに受け入れていくことは大切です。でも、何でもかんでもそれでいいわけではないでしょう。何をやってもオーケー。やりたいことをどんどんやってオーケー。やめたければオーケー。

万能感でいっぱいになった「何でもありの人」のやり方は、どこか節操のない開発業者のようです。ここがだめならあっち、あっちがだめならそっち、というように乱暴な印象が否めません。ひとつのことをやり遂げずに、うまくいかなければ次々と目標を変える。物事をていねいにコツコツとやり抜くことが苦手のようです。華やかに見えるかもしれませんが、そこに大きな実はないように思います。

ミュージシャンだった友人夫婦は数年前、ビーガン（純粋菜食主義者）になったことを機にイギリス人の夫の親戚が住むポルトガルに移住しました。その地で親戚が営む有機野菜農場を手伝うことにしたのです。日本での音楽活動に未練はなく、まったく新しい世界に軽々と行ってしまいました。まさに「自由な人生」を謳歌しています。

本当に自由な人は、ポジティブであること自体、意識しないのではないでしょうか。心に囚われがなく、ありのまま、望むように自分の世界を生きることが、人生における最善の道を拓いていくのかもしれません。



ポジティブであること自体意識しない、
心に囚われがないのが本当に自由な人です。

border line

41

# 「フラットな人」と「差をつけたい人」

いつでも、どこでも、誰に対しても、いつもの自分のまま、変わらない態度で接することができる人は素敵です。本来、人としてそれがあたりまえのことで、話題にならないことが普通なのかもしれません。でもそれが、愛や礼節が感じられる美しいフラットさであれば、ぜひ見習いたいと思います。

反対に、相手によって態度が変わる人がいます。上司と部下で接し方が違うのは当然ですが、どのように違うのかが問題です。言葉遣いだけではなく、態度の差が大きすぎると、その人を信頼することが難しくなるように思います。

たとえば、レコーディング・スタジオにはエンジニアとアシスタントがいるのですが、アシスタントに対して、横柄な態度で指示をしているディレクターと同席すると胸が痛くなるのです。アシスタントは修業中なので仕方がないとはいえ、ディレクターのイライラのはけ口になっているようにも感じたことがありました。

また、ホテルやレストラン、お店などのスタッフに対して横柄な態度で接する人もいます。私と普通に和やかに話をしている途中で、

「○○持ってきてくれる？」

という威張った頼み方をするのを見ると、正直がっかりしてしまうのです。そして、お店側の不手際があったときなどは、叱るような口調になります。男性女性関係なく、立場で差をつける人がいるものです。

人は、ときどきお金を支払うほうの立場が上だと思いがちです。お客と提供する側の力関係をそう捉えているのでしょう。「お客様は神様」という言葉がありますが、これはサービスを提供する側の心がけであって、お客にとって自分が神様であるということではありません。

私たちはときどきこうした言葉のレトリックの罠にはまってしまいます。また、サービスを受けた対価としてお金を払うのですから、そういう意味では上も下もないと思うのです。

差をつけた態度をとることで自分を誇示したい。自分を大きく見せたい。そんな心理の奥に、その人のコンプレックスが見え隠れするように思えます。

人に対する敬意をいつも心に持っていると、立場によって差をつけるということはないでしょう。

俳優で画家の片岡鶴太郎さんは、自分のスタッフを「さん」付けで呼び、ていねいな言葉遣いで接していました。そこには、優しい空間がありました。その姿を見て、私は大きな心を学んだような気がします。

誰に対しても愛を持って、ていねいに接することは、無言のうちに、相手に敬意や感謝を伝えていることなのです。

美醜の境界線

## いつでも、どこでも、誰に対しても、変わらない態度で接していますか?

# 言葉は「美」を整える

先日読んだ本のなかに、ふっと目に留まった言葉がありました。

「言葉が乱れると、国力が下がる」

国力とは、経済力でも軍事力でもありません。国力とは文化である、とありました。そして次にこう書いてありました。

「国力が下がると、政治家の言葉が軽くなる」

言葉の乱れについては、ずいぶん前から多くの人が警鐘を鳴らしています。若い人たちの言葉の乱れはもちろんですが、私は言葉を粗末に扱っている大人も問題だなあと思っています。

言葉を粗末に扱うということについて、大きくふたつのポイントがあります。ひとつは、美しくない言葉遣いです。いい大人が打ち合わせなどで、

「それはやばいですね」

などと、普通に発言するのを聞くと、それまでその人に持っていた印象が変わります。そんなたったひとことで?と思われるかもしれませんが、ジョークなどではなく普通の会話にそのような言葉が出てくるのは、とても違和感があります。「やばい」というのはもともと江戸時代の盗人の隠語です。戦前は囚人の言葉でした。「不都合」という意味合いで使うのでしょうが、盗人や囚人の隠語を大人が日常会話のなかで使うというのはどうなのでしょうか。若い人たちが話しているのはもちろん、50代、60代の人までも「やばい」という言葉を普通に使うのを聞くと、がっかりします。また、「やばっ」「うざっ」「うまっ」と略した上に促音にするのは、さらに美しくないのです。

略語が多用されているのも、聞き苦しいものです。

打ち合わせのときに、「リスケ」という言葉がときどき出てくることがありました。私はずっと何のことかわからずに、言葉の響きから元の言葉を想像してみました。でも、わからない。聞いてみると、「リ・スケジュール」、予定を組み直すことだったのです。

「リスケしてもらっていいですか?」

というときの「リスケ」という響き。とても奇妙に聞こえます。

同じ略語である「セレブ」は、完璧に市民権を得たように使われています。略語自体も好きではないのですが、「セレブ」と口にしたその言葉のどこかに、セレブと書いてある文章のどこかに、やっかみのような感情の影が見えるのです。「セレブ」「セレブリティ」は有名人、話題の人というのが本来の意味ですが、いまではお金持ち、裕福な人、という使い方になっています。「セレブリティ」とちゃんと言えばいいと思います。略語にした途端に薄っぺらな別の言葉になってしまいます。気にせずに、巻き込まれていけばいいのかもしれませんが、私の感覚がそれを許しません。

このような言葉の変化はメディアがつくっていくものです。「セレブ」という言葉がすっかり浸透してしまったというところに、私は言葉の乱れの源流を見る思いがします。

言葉を粗末に扱っていると思われるふたつ目は、言葉が軽くなってきたということです。古代から言葉は言霊《ことだま》、その言葉の意味が霊力となってこもっていると考えられてきました。

「敷島の　大和の国は　言霊の　助くる国ぞ　まさきくありこそ」

柿本人麻呂は万葉集のなかで、「日本は言霊によって助けられる国」と歌に詠んでいます。

「有り難う」には、有ることが難しいことが起こったから有り難いという気持ち、「いただきます」には命あるものをいただく謙虚な気持ち、「いってらっしゃい」には「無事に帰ってきてね」という祈りの思いが宿っています。「会話」というコミュニケーションとともに、私たちはその言葉の心を伝え合っている。このことを意識すると、言葉の使い方が違ってきます。

ネガティブな言葉をできるだけ使わないことも大切です。ネガティブな言葉には、ネガティブなエネルギーが宿っている。私はなるべく否定形の文章を使わないように意識しています。

ネガティブな言葉が浮かんだときは、それを頭のなかで肯定文に直してみる。たとえば、「仕事しなくてはならない」を「さあ、仕事しよう」と変換してみるのです。すると心に軽くのしかかっていたプレッシャーから放たれるような解放感があるのです。

会話のなかに、「でも」「だって」「だけど」という反語がすぐに出てこないでしょうか？これはひとつの「言い癖」です。素直に受け取れないために、反論したくなるのです。この会話のパターンも、楽しいものとは言えません。相手にしてみると、何度も「でも」と言われると、もう話をしたくなくなるのではないでしょうか。相手の言葉を一度胸に受けとめる。それからゆっくりと返す。それが、調和のとれた会話です。

言ってはいけないことをつい言ってしまう。思わず軽口を叩いてしまう。想像力を働かせる前にふっと口にした言葉で、相手を傷つけてしまったことはないでしょうか。残念ながら、一度出てしまった言葉は、リセットも削除もできません。苦い後悔が胸の奥にずっと残ってしまいます。だからこそ、ていねいにしたいものです。

自分をリセットしたくなったら、ひとつひとつの言葉をていねいに、手に取って渡すように伝えてみましょう。すると、ざらざらとした言葉遣いをするよりも、ずっと心地のいいことに気づくはずです。落ち着いて、いつもよりゆっくりと、ていねいに、噛みしめるように話をするのです。そのように話してみると、自分も心地よく、相手もまた気持ちがいいのです。

ていねいに話すことは、物事を美しく整えていく第一歩です。言葉が雑になってきたと感じたときは、ゆっくりと深呼吸をして、ひとことひとこと確かめるように話をしましょう。心が落ち着くだけではなく、余裕が出てくることで、会話のなかに、より深い何かを感じとることができるようになるのです。

そしてもうひとつ、常に相手の心を感じながら話をしましょう。あたりまえのことのようですが、意外と相手を置き去りにしたまま話をしていることがあるのです。

言葉はその人を語ります。どんなに美しい人でも、言葉に美しさを感じることができなければ、本当に美しいとは言えません。

私の知人に、美しく話をする人がいます。その人はどちらかというと地味な雰囲気の人で、人のなかに埋もれてしまうタイプかもしれません。でも、その人がゆっくりと、言葉をていねいに選びながら思いを伝えようとする姿は美しく、私はいつも静かな感動を覚えます。

人はいつか、自分の発した言葉に出合うと言われます。よい種を蒔けば、きれいな花が咲きます。自分が高まれば、高まった人たちに出会う。因果の法則と引き寄せの法則です。言葉が、未来の私たちをつくっているのです。美辞麗句や文章力が必要なのではありません。心をこめて、ていねいに。そして誠実に。言葉を大切にすることによって、大人としてふさわしい美しい感性が磨かれていくのです。

border line

# 42

# 「I」の人と「S」の人

SNSの投稿を見ていて、とても気になるのが語尾などにつける「ー」（おんびき）「〜」（なみせん）の使い方です。これらは表現方法のひとつです。「○○ですよー」と、呼びかけや強調したいとき、語尾に「ー」をつけて表現します。親しい間で交わされる会話のお遊び的な表現です。

同じように「〜」も、文章のなかでよく見かける「表現」のひとつです。私の感覚でしかないのですが、「〜」を使いすぎるのは、美しくありません。内容ではありません。「〜」を多用することが「醜」につながるということです。

表現ですから自由、何をどう書いてもいい。でも、ここで言葉を選別するのは感性であり、美意識です。自分の感覚的な世界のなかで「これがいい」というものを書く、という意識を持つことが大切です。

文章を仕事にしているので、文章そのものが自分を表す、ということがよくわかっています。表現の仕方ひとつが、自分の肉体の一部を表している、といっても過言ではないでしょう。ですから私たちは、一度書いた文章を何度も手直しをして、納得した形で発表しています。

ところが、気軽に投稿できるFacebookなどのSNSには、その人を表しているということを意識しない文章がどんどん投稿されます。「○○さん～」「楽しみ～」「ありがとう～」「ただいま○○中～」……、これらの文章を声に出して読んでみてください。どんな感じがしますか？　果たして、「～」という記号の持つニュアンスは、ポジティブに表現されているでしょうか。語尾をだらしなく伸ばして、何とも甘ったるく、しまりがない。実際、声に出して読んでみると、誰かにしなだれかかっているような雰囲気を感じませんか？

親しい者同士の、親しい会話のなかだからいいのではないか、ということも言えますが、大人の女性の発信する表現として、私はそこに美も粋も遊びも感じることができないのです。

甘さと、甘ったるさは違います。甘いものは好きですが、甘ったるいものは好きではありません。言葉も同じです。「ー」と「～」の美醜の境界線はここにあります。

「ー」での表現には、甘ったるさは感じられません。相手に甘える気持ちで「○○さ〜ん」と書くのなら、「○○さーん」と書いたほうがかわいいと思うのですが、どうでしょうか。

誰も好んで「醜」と感じられる表現をしているわけではありません。内面の美、見えない美に対してもう少し意識を向けると、境界線が見えてくるのです。

文章の場合、自分の文章を一度声に出して読んでみるといいでしょう。たぶん、二度と「〜」を多用することはないと思います。

## 美醜の境界線

「〜」を多用した文章を、
声に出して読んでみてください。
大人が発信する表現だと思いますか？

border line

43

# 「そうね、という人」と「でもね、という人」

会話をしていて楽しく、また会いたいなと思う人とは、心地よい言葉のキャッチボールができる人です。上滑りな内容ではなく、いい会話をするためには、受容する心の深さと想像力が大切です。相手の言葉を受ける。そして返す。でも、話題も話の流れもさまざまですから、時には脱線することも議論になることもあるでしょう。そんなときにも気持ちよくいられる人もいれば、もう話したくないな、と思う人もいるかもしれません。

気持ちよく会話ができる人は、相槌を打つのが上手です。「そうね」「なるほどね」「そういうこともあるわね」と、一旦相手の言葉を受け入れます。受け入れられると、話したほうは安心します。賛成しかねることだとしても、一度「そうね」と受け取ります。それから自分の思いを伝えるのです。

「そうね。私はそう思えないのだけど……」

このような場合に「そうね」と一度受け入れるのには、少しの忍耐力が必要です。本当ならすぐにも反論したいところを一度受け取って、心のなかでひと呼吸おく。すると、相手との間にワンクッションできるのです。この「間」が、会話をまろやかにし、人間関係における潤滑油になります。

そのいっぽうで、「でもね」「だけど」「そうじゃなくて」と、相手の話をすぐに否定したり、反対したりする人がいます。何度も「でもね」と言われてしまうと、話をするのがつらくなるのが正直なところです。たとえば、

「やっと春らしくなってきましたね」

と言うと、

「でも、花粉が飛んで嫌ですよね」

と返してくる。すると、否定感が残った会話になってしまいます。一度話を受けて、

「そうですね、気持ちのいい季節ですね。でも、花粉はちょっとつらいです」

と言うと、話を切り出したほうは、

「確かに、つらいですね」

と笑って言えるのです。

反対の意見や考えを持っている場合もあるのですが、なかには口癖のようになっている人もいます。何かひとこと言わなければ気がすまない。相手の話を否定することで、何かが満たされるのです。会話の手綱を取りたいという心理があるのかもしれません。自分が優位であることを示したいのかもしれません。あるいは、心理の片隅には、相手と比べて自分は劣っている、という劣等感があるのかもしれません。対抗心で、相手の言葉を否定することから入るのです。

自分も知らず知らずのうちにそのような会話をしているかもしれません。自分の行動や言葉をときどきチェックしてみることを始めましょう。

美醜の境界線

「でもね」「だけど」「そうじゃなくて」が口癖になっていませんか？ それは、相手の話を否定し反対していることと同じです。

border line

44

# 「言い方に『心』が感じられる人」と「そのまま言う人」

友人が、あるセミナーに参加したときのことです。最後にひとり1分ずつ、セミナーの感想を述べたり、質問をする時間がありました。10人ほどの参加者が1分ずつですから、十数分はかかります。ところがほとんどの人が、どこから来たか、なぜこのセミナーに参加したかから始まり、感想、そして質問に至るまで軽く3分以上かかりました。いろいろな思いを持ってセミナーに参加するのですから、その思いの丈を講師に伝えたい気持ちはよくわかります。でも、セミナーは会場の都合によって終わりの時間が決まっています。

このような場合、コンパクトに自分の伝えたいことをまとめられると、とてもスマートです。もちろん、好印象ですし、その気遣いは講師にとってとても有り難いものなのです。これは、「言い方に『心』が感じられる人」です。

その1分間スピーチで、次のように言った人がいました。

「私には質問はないので、逆に先生、何か話し足りないこと、これは話しておきたいことはないですか?」

ちょっと聞くと、先生への「気遣い」に思えます。「目くらまし」ならぬ「耳くらまし」のようです。聞きようによっては、「言うならいまのうち」とも取れる言葉です。

講師の立場で言うと、伝えたいことは講座のなかで伝えているわけです。講師に気を遣って言ったつもりなのかもしれませんが、逆に誤解を招く言葉になりました。

思ったことをそのまま、何のレトリックも気遣いもないまま伝えることを、「ストレートでいい」「歯に衣着せぬ言葉でわかりやすい」とポジティブに捉える向きもありますが、必ずしもそうとは限りません。ストレートのなかにも、知性や大人としての想像力を働かせると、「心」ある言葉になるのだと思います。

「先生のお話を聞くのに1時間では足りないと思うのですが、この時間にあとひとつ、ぜひ先生のお話を聞かせてください」

このような言い方だとどうでしょうか。「先生、話し足りないでしょう?」ではなく「私たちはもっと聞きたい」と、たとえば主語を替えることによって、先生への敬意が表現できます。そうするとそこに「心」を表すことができるのです。

「言い方に『心』が感じられる人」は、言葉に相手への思いをこめることができる人です。それには、こちらの「気持ち」を言葉に織り込んでいくのです。たとえば、「話を聞きたい」という言葉のなかに「ぜひ」「もっと」という言葉を加えると、そこに「気持ち」がこもり、印象が違ってきます。ほんのひとこと、ふたことで、心は伝わるものなのです。

美醜の境界線

ほんのひとこと加えることで、言葉に相手への思いやりをこめることができるのです。

border line

45

# 「ひとことで決める人」と「ひとこと余計な人」

誰にも話したことがないのですが、その昔、友だちがつぶやいたひとことに、何とも言えない気持ちになったことがあります。久しぶりに会った人が、

「由美さん、昔と変わらないね」

と言いました。するとそこにいた友だちがぼそっと、

「ええ？　大違い」

と言いました。若いころよりも体重はだいぶ増えたことは事実です。大違いであることは、本人である私自身がよくわかっています。でも、これを自分で言うのと、他人が言うのとは違います。あまり深い考えもなく、ぽろっと出た言葉なのかもしれませんが、私はこのひとことで、彼女の印象が決まってしまいました。「ひとこと余計な人」です。あまり考えずに、思いついたことを話す。若いときにはいいかもしれませんが、40歳を過ぎたら慎んだほうがいいことのひとつです。

同じ人のエピソードがもうひとつあります。久しぶりに会った仲間と話をしていたときのことです。

「○○さん、すごく変わったよね。変わったと思わない？」

たぶん、シワが増えたとか、やつれたとか、太ったとか、そういう話でしょう。でも、それをわざわざ言う必要があるのか、ということです。久しぶりに会って、太ったとか痩せたとか、髪が薄くなったとかという外見の変化についてよく指摘する人がいます。病気をしたのかもしれない。本人も気にしているかもしれない。外見の変化を指摘されて、何と答えたらいいのでしょう？　目に見えてわかることは、心の内に収めておけばいいのです。目に見えることで言っていいのは、相手を褒めるときです。

反対に、凝縮された言葉や、変化が起きるひとことを言える人はかっこいい。

友人のセミナーに参加したとき、一緒に行った人がこう言いました。

「いつも食事をしながら聞いている話よね。受講料が1万円なんて高いわ」

この言葉がまわりで聞いている他の人の耳に入ったらどうでしょうか。想像力の問題です。

「価値は自分で決める。価値があると思えば高くても買う。そして、それに見合う生き方をする」

一緒に行ったもうひとりの友人のこの言葉に、心のなかで拍手してしまいました。要は、表面しか捉えないか、物事の真髄を捉えられるか、です。冗談や軽口のつもりで言ったとしても、場に馴染むものではなかったり、人に不快な思いをさせたのなら冗談にはなりません。私もこれまでに口にしてしまった削除できない軽口の数々を思い出すたびに、消えたくなるような思いです。その場に水をさすような言葉を発してしまうのは「軽い人」であり「ひとこと余計な人」です。その美醜を分けるのは、とっさの判断力と知性、そして愛だと思います。

## 美醜の境界線

外見、容姿……、
目に見えることで言っていいのは、
相手を褒めるときだけです。

border line

## 46

# 「本音をそのまま言ってくれる人」
# と
# 「本音がめんどくさい人」

ある仕事の依頼を3人の方にしたときのことです。Aさんは快諾してくれました。

Bさんは、

「今年は新しい分野の仕事に取り組んでいて、自分としても余裕がない。ここが頑張りどきなので今回はできないが、次回はぜひお手伝いしたい」

とのことでした。断りのメールにもかかわらず、Bさんのことを応援したくなりました。何よりも、本当のことをそのまま伝えてくれることがうれしいのです。

Cさんからの返事はこのような内容でした。

「仕事を引き受けるつもりだったが、両親の介護をしなくてはならなくなった。やれないこともないが、迷惑がかかるのではないか心配である。仕事はしたいのだが、やれるかどうか。どうしても他に誰もいなければ、何とか都合をつけるが、とにかくふたりの介護は大変で、自分もどうしていいのかわからない」

仕事を受けられないのが本音なのか、受けたいのが本音なのか、すぐには測りかねる返事です。ただ、このメールから「頼まれたい」「特別に思われたい」という本音は読み取れます。メールの最後には「どうしたらいいでしょうか？」とありました。私に判断を求めていますが、私が決めることではありません。結局、Ｃさんはご両親につきっきりになりそうだからと、断ってきました。

その後、何人かの人からＣさんと食事をした、旅行をした、Ｃさんが新しい仕事を始めたらしいという話を聞きました。何とも言えない違和感がありました。

さて、Ｃさんの本音はとてもめんどうです。頭のなかでめぐっていることを、そのまま書いたようです。

実は、本当の悩みは、悩んでいる自分のなかにあるのです。その後の行動から、Ｃさんの本音が浮かび上がってきます。最初から断るのであれば、シンプルに「〇〇なのでできません」と言えばよいのだと思います。

仕事を受けること、受けないことよりも、他の楽しみを優先したいＣさんがそこにいます。でも仕事を受けたくないとは言いたくない。そして特別に思われたい、というのはその手前にあった本音です。そのためにあったのが、「介護」という建前なのかもしれません。

建前と本音の距離は限りなく近いほうがいいと思います。本音を率直に語り合える関係が、いいつながりを育てていきます。人間関係を複雑にするのは、自分の利を優先したい、相手をコントロールしたい、といった「思惑」です。相手の思惑に気づいてしまうと、信用するのは難しくなるのが、正直な思いです。いいつながりを育てていきたいのであれば、自分も本音で生きることが大切なのです。

美醜の境界線

人間関係を複雑にするのは、
自分の「利」を優先したい、
相手をコントロールしたいという「思惑」です。

border line

47

# 「軽やかな人」と「軽い人」

「軽い」という言葉には、ふたつの大きなイメージがあります。軽くあってほしいものが軽いという、前向きなうれしいイメージ。そして、重くあってほしいところが軽い、という残念なイメージです。荷物は軽いに越したことはありません。体重も自分に合った体重……よりも少し軽いほうがいい。負担も軽いほうがいい。でも、人のことを軽く扱わないほうがいいし、軽口も過ぎないほうがいい。

日々の忙しさのなかにいると、「ああ、こういう仕事を軽くできてしまえばいいのに」「もっと軽く考えることはできないものか」と思います。こんなときに思う「軽く」は、どちらかというと現実逃避的な「軽さ」です。楽をしたい……そんな気持ちが見え隠れし、また中身が空洞のような印象もあります。

言霊といって、言葉には、その意味のエネルギーが宿るとされています。そこで、「軽く」を「軽やかに」に変換してみましょう。軽やかに仕事をする。軽やかに行動する。同じ「軽」でも、「軽やかに」と表現すると羽がはえたような感じがしませんか？

「軽やかな人」は、何があっても右往左往しません。いろいろなことが起こっても、受けとめ、そこから学び、最善の方法で乗り越えます。たとえばピンチを受けとめることも、学ぶことも大変だと思うかもしれません。最善の方法を見つけることも難しいと思うでしょう。でも、まず受けとめることで状況は開けてきます。それも「流れ」なのです。もちろんそこには苦労もあるでしょう。でも、流れに逆らっても仕方がない、その流れを生かしてみよう、という柔軟さが心地いいのです。

「軽いものは重く扱い、重いものは軽く扱う」という茶道の教えがあります。茶筅《ちゃせん》や茶杓《ちゃしゃく》など軽いものを軽く扱っては雑に見える。軽んじることで失敗する。重い茶釜を軽く見えるように扱うと美しい、という教えです。「軽やかな人」に通じる精神がここにあります。軽やかであり、ていねいである、という美しさです。

「軽い人」は何も考えずに言葉を発してしまう傾向があるようです。以前、久しぶりに会った仕事関係の知人が、「吉元さん、初めて打ち合わせをしたとき、お腹痛くなっちゃって途中で帰ったんですよね」

と言いました。もう30年ほど前のことです。他のところでも言っているらしく、「お腹痛くなって帰ったんだって？」と、何人かの人から言われました。あまりいい思い出ではないので言われたくありません。その人はほんの軽口でつい言ってしまうのでしょうが、この「つい」「悪気はなく」というのが、思慮の浅さ、想像力の欠如を表しているように思います。

「軽やかな人」と「軽い人」の間には、深い境界線がありそうです。私は、想像力という美しい羽をつけて、人生という時間を軽やかに飛び回りたいです。

美醜の境界線

●「つい」「悪気なく」で、軽口を叩いていませんか？

border line

48

# 「にじみ出る人」と「上塗りする人」

人柄や教養、内面の美しさは、決して押し付けがましく主張するものではありません。ただそこにいるだけで、にじみ出るものです。すべてがその人のなかにあり、その人のなかで熟成したものだからこそ、尽きることなく静かににじみ出るのです。ですから、「にじみ出る人」の言葉に「無駄」はありません。

たとえば、得た知識や情報を自分のなかに取り込みます。人間が生きていくために食事をし、栄養にしていくのと同じです。得た知識や情報を、経験で咀嚼《そしやく》していく。「身についている」ことですから、自分の言葉で話し、伝えていくことができるのです。また、それは生き方にも表れます。言葉と言葉の行間にも味わいがあり、沈黙を恐れない「内的な自信」があるのです。

しかし、得た知識や情報について熟考する間もなく、お化粧を重ねるように上塗りしていく人がいます。食いつきは早いのです。「え？　何？　何？」と、知りたがります。多くを知ることで満足です。何を聞いてもよく知っているのですごいなあと思うのですが、その実、胸に響いてこない。そこに、その人の「体温」が感じられない。

上塗りした言葉には残念ながら「深み」がありません。メッキが剝《は》がれるように、いつかボロが出てしまうのです。

「上塗りをする人」の気持ちのなかには、「焦り」を感じます。好奇心が旺盛なのはいいのですが、空回りしているような印象があるのです。たとえば、話題になっている本を片《かた》っ端《ぱし》から読む。話題になっている場所には必ず行く。友人の集まり、パーティーに必ず参加する。ありとあらゆる情報が入っていますから、もしかしたら話題には事欠かないかもしれません。

ある人は、どんな話題が出ても「ああ、それ知ってる。それって、○○で××で……」と言うのですが、よく聞いていると、情報をなぞっているだけです。それも賞賛に値することなのかもしれませんが、それは単に「情報」でありその人の「深み」を示すものではないのです。

何を聞いても決して「知らない」と言わないある人は、私の作品や今後の方向性についていろいろアドバイスをしてくれます。ただ残念なことに、私の本をちゃんと読んでいないので、アドバイスのなかには、「それは違う」ということが多々あります。本当に理解した上での意見でないことが、よくわかってしまうのです。

その人自身の内面を通過していないもの、知識は表層的です。すぐにボロが出てしまいます。知識を披露するはずが、知ったかぶりになってしまう……、これが「上塗りをする人」の特徴です。その人の心で濾過されて現れるものが、本物なのです。



## 「ああ、それ知ってる」の〝知ってる情報〟、心で濾過することなく、上塗りしているだけではありませんか?

border line

# 49

# 「有り難いと思う人」と「あたりまえだと思う人」

私は最近、「ありがとう」を漢字で「有り難う」と書くことにしました。有ることが難しいから、有り難う。漢字で表記したほうが、その意味、その気持ちがより伝わります。相手に伝わることも大切ですが、自分自身が「有り難かった」という感謝の思いを深く感じたいのです。

「有り難い」の反対は「あたりまえ」です。このふたつの思いの間には深い溝があります。とても、「境界線」という言葉では表せないほどの差があります。ところが、「あたりまえ」という感覚は、自分でも気づかないうちに心に巣くっていることがあります。「あたりまえ」だと無自覚に思っていながら、「ありがとう」と言っている。

ここに、美醜の境界線があります。

「自分はよくしてもらってあたりまえ」「自分は特別」という思いを、無意識のうちに持っていることがあります。容姿に自信がある、仕事で成功をおさめているといった場合、特別感を得やすいでしょう。また、小さなころから人の目に多く触れ、ちやほやとかわいがられてきた、勉強やスポーツも優秀だったなど、若くして成功体験がある場合も「あたりまえ」と思いがちです。苦労をそれほど体験することなく人生を送っていると、物事の有り難み、人の気持ちの有り難みに気づきにくくなります。

だからといって、そのようなタイプの人たちが感謝の言葉を口にしないかというとそうではありません。ただ、そこに心からの「有り難い」という思いがこもっているかどうか、そこに境界線があるのです。

小さいころからかわいらしく、その上成績も優秀で、まわりの人からもかわいがられて育った女性がいます。親は娘の成功を望み、娘のビジネスに自分の友人たちを巻き込んでいきました。最初はみんな協力していたのですが、いつのころからか疎遠になっていきました。そこに「娘は特別なのだから、やってくれてあたりまえ」を感じとっていったのです。親と娘の感謝の仕方、そしてどんどん驕っていったふたりの在り方に、「あたりまえ」の感覚が表れていたのです。

高慢は、「醜」の極みです。

世の中にあたりまえのことなどひとつもありません。マーケットに行けばあたりまえのように食べ物が並んでいますが、災害や事故、天候不良になればそうはいかないのです。「実るほど頭を垂れる稲穂かな」という言葉があります。自分に自信を持つことはいいこと。でもときには、どれだけ多くの人、どれだけ多くの目に見えない力に支えられて自分が存在しているかということを振り返ってみましょう。〝有り難いリスト〟をつくってみると、有り難いことばかりで頭を上げることができません。

美醜の境界線

〝有り難いリスト〟をつくってみると、
有り難いことばかりで、
頭を上げることができません。

# あとがき

何年か前、仕事ではなく、自分の得意なことは何だろうと考えたことがありました。

「人を楽しませること」

「友だちをもてなすこと」

おもてなし料理の本でも書こうかな、と思いつきで夫に話をしたところ、呆れたような顔をしてこう言いました。

「あなたがいちばん得意なのは美醜を見極めることでしょう?」

ビシュウ? 字が思いつかなかった私に夫はさらに呆れたような顔をして、「美醜を見極める」と紙に大きく書きました。そのときに、長い間私のなかにあった判断の基準に「美醜」という名前がついたのです。

多くの人が、外見については「美しいか、そうでないか」という判断を日常的にしています。でも心の内や行動について「よい悪い」の判断はしても、「美しいか美しくないか」という意識はあまり持つことはありません。美醜という基準は難しい、わかりにくい、と思うかもしれません。残念ながら、私はこれ以上のことをお伝えすることはできないのです。なぜなら、美醜の基準を決めるのは、あなただからです。与えられた基準ではなく、自分の心に向き合いながら決めていく……、それが、美醜という基準なのです。

多くの情報にあふれるこの時代、私たちはお金のことから美容、生き方に至るまで、あらゆるノウハウを知ることが可能です。外から吸収する知識と違い、美醜の意識は内面から外へ表現していくものです。そのために最も大切なことは、自分を眺める澄んだ視点です。日ごろから少し意識をして自分自身を見つめながら深めていくこと。そのように心を鍛えることによって、自分の美意識が磨かれていくのです。もうひとつ言うと、少しだけ厳しく自分を見つめること。自分のなかのハードルを少し上げることによって、美醜の基準はより一層磨かれるのです。

最後に、編集の労を担ってくださった佐々木明美さん、河出書房新社の鈴木美佳子さん、そして読者のみなさまに心より御礼申し上げます。有り難うございました。

吉元由美

## 吉元由美　yoshimoto yumi

作詞家。淑徳大学人文学部客員教授。
東京生まれ。成城大学英文科卒業。広告代理店勤務の後、1984年作詞家デビュー。これまでに、杏里、松田聖子、中山美穂、山本達彦、加山雄三など多くのアーティストの作品を手がける。平原綾香の『Jupiter』はミリオンヒットとなる。
エッセイストとしても幅広く活躍し、著書に『あなたの毎日が「幸せ」でいっぱいになる本』(PHP 研究所)、『みんなつながっている――ジュピターが教えてくれたこと』(小学館)、『凜として立つ』(三空出版)、『こころ歳時記』(ディスカヴァー・トゥエンティワン)、『読むだけでたくさん「奇跡」が起こる本』『40歳からの心を美しく磨く私の方法――いつも「幸運な女性」の心の持ち方』(以上、三笠書房) など多数。

また、2013年より、「吉元由美の LIFE ARTIST」を主宰。
「魂が喜ぶように生きよう」をテーマに、サロンセミナーや講演などを展開している。さらに、さまざまな視点、新しい角度から実際に文章を書き、これまで眠っていた感性を開いていくという独自のプログラムで「文章術」を学べる「言の葉塾の十二ヶ月」も主宰。

吉元由美オフィシャルホームページ
http://www.yoshimotoyumi.com/

吉元由美の LIFE ARTIST
http://yylifeartist.jp/

吉元由美の LIFE ARTIST　facebook
https://www.facebook.com/yyLifeArtist

装丁・本文デザイン　釜内由紀江　石神奈津子（GRID）
企画・編集　佐々木明美（オフィス aKz）

美醜の境界線

2014年7月20日　初版印刷
2014年7月30日　初版発行

著者　吉元由美

発行者　小野寺優
発行所　株式会社河出書房新社
〒151-0051　東京都渋谷区千駄ヶ谷2-32-2
電話　03-3404-1201（営業）
03-3404-8611（編集）
http://www.kawade.co.jp/

組版　株式会社キャップス
印刷　株式会社亨有堂印刷所
製本　小高製本工業株式会社



ISBN978-4-309-24666-6　Printed in Japan